百年行吟

周明星 著

献给我生命六十周年和从教四十周年！
献给我的一百年！

出征千年古镇，
游走荆楚门户，
阔步津沽大地，
畅行湖湘山水！

图书在版编目（CIP）数据

百年行吟/周明星 著. --长沙：湖南师范大学出版社，2017.12
ISBN 987-7-5648-3079-3

Ⅰ.①百…　Ⅱ.①周…　Ⅲ.①诗歌集—中国—当代　Ⅳ.①1267

中国版本图书馆CIP数据核字（2017）第302654号

百年行吟

周明星　著

责任编辑：谭南冬
责任校对：蒋旭东
出版发行：湖南师范大学出版社
　　　　　地址/长沙市岳麓山　　邮编/410081
　　　　　电话/长0731-88873071　88873070　传真/0731-88872636
　　　　　网址/www.hunnu.edu.cn/press
经　　销：湖南省新华书店
印　　刷：三河市华晨印务有限公司
开　　本：700mm × 1000mm　1/16
印　　张：18.5
字　　数：395千字
版　　次：2017年12月第1版　2025年3月第2次印刷
书　　号：ISBN 987-7-5648-3079-3

定　　价：86.00元

| 作者简介 |

周明星，二级教授，教育学博士，湖南农业大学教育学院教育生态学博士生导师，现代技工教育科学研究中心主任。2000年9月至2001年7月北京大学访问学者。天津市教学名师。中国职业技术教育学会第三届学术委员会委员。曾任天津市重点学科"职业技术教育学"学科带头人，天津市"职业教育学"教学团队负责人。中国职业技术教育学会职业指导专业委员会副秘书长，天津职业技术师范大学特聘教授。

先后任湖北省荆门市教育局职业教育科科长，荆门市教育科学研究所所长兼《读写算》杂志社社长，荆门市职业中专学校副校长，荆楚理工学院高等教育研究所所长，天津职业技术师范大学职业教育研究所副所长。主持国家精品课程"职业教育学"和教师教育国家级精品资源共享课程"职业教育管理学"，主持获省部级以上哲学社会科学成果奖7项，主持国际、国家和省部级课题17项，重大横向课题34项，出版专著7部，独著社会科学著作5部，主编著作15部。先后在《教育研究》、《高等教育研究》、《教育研究与实验》、《教育发展研究》和 *Education* 等重要期刊发表学术论文100余篇。

同时，也是文学爱好者，创作诗歌、小说、散文等文学作品百余篇，出版诗歌集《百年行吟》。

| 作者与彭崇谷合影(右一) |

彭崇谷：中华诗词学会副会长，湖南省诗词协会会长，湖南省委组织部原副部长，湖南省人力资源与社会保障厅原厅长。特为本诗集题写"诗吟天下"。

彭金淋：中国书法家协会会员，国家一级美术师，荆门市文联副主席。

仲夏梅雨入皖東　意在山水盡英雄
八經環亭頌一記　九曲流觞吟兩盅
揉經察緯界範疇　說道論法定體統
欲尋真理何憂有　賢聚琅琊問確翁

用明星游學醉翁亭

欧陽河書

欧阳河教授在我国职教界有口皆碑，其德、其才、其人深受学界人士的爱戴。其书法自成风格，端庄飘逸。我与欧阳兄相交甚久，曾得到其鼎力相助，铭记在心。今年暑假，特求墨宝。不久，就给我寄来此作。特昭示天下，共与欣赏。图为作者与欧阳河教授2008年在山西参加亚行课题调研。

湖南省教育科学研究院研究员、湖南农业大学博士生导师欧阳河教授所题《游学醉翁亭》。

人生亦诗

2017年，对于我来说，有着特别的意义：我生命的六十周年和我从教四十周年，加起来正好一百年。人生能有几个六十年？职业能有几个四十年？因此，这是一个值得庆贺的年份。拿什么庆贺？我有两个业余喜好：酒和诗。酒可以助兴，诗亦能怡情。人是有情动物，自然最好的贺礼是诗。人生如诗！

一、出征千年古镇

我并没有如诗的童年。我的家乡马良镇，是一个具有悠久历史的千年古镇，商朝时期商王武丁的后裔受封在汉水西岸建立权国。千里汉江傍镇而过，因三国名士马良曾隐居马良山研修学问而得名。因而，这块热土孕育了众多的族姓。据长辈说，我们周姓是汝南周氏爱莲堂下主支，明末由江西迁入，繁衍生息，薪火相传。1958年1月2日，我出生于湖北省荆门市沙洋县马良镇金螺村，为长子。我的祖爷是"同"字辈，叫周同胜，爷爷周振兴，父亲周光荣。父亲上了三个月私塾，母亲邓德珍是文盲。父亲三岁时丧父，奶奶改嫁，父亲由其叔叔周振旺抚养成人。到了我最小弟弟出生时，家有七口人，家大口阔，年年超支，是乡里有名的"困难户"。我五岁多上小学，到了初中就承担了部分家务。早晨去收鱼(头天晚上下的鱼篓子)，放学回来放牛，周末上山砍柴和挑猪菜。小学毕业时，我父亲朋友的女儿跑到我家送了一双绣花袜子给我。我母亲说："舒平（我乳名），这是你以后的媳妇。"我脸一红，难道这就是我以后的生活？由于父母没多少文化，加上"文革"期间的语录文化，我当时根本就不知道世界上还有"诗"。

没想到后来我成了一位爱诗的少年。上马良初级中学时遇到了语文老师赵承志，这是我一生都不能忘怀的师者与长者。他带我拜会了李白、杜甫，教我学了鲁迅的诗文；有时周末留我在他家，傍晚带我登上学校后面的马良山，来到汉江边，师生两人躺在山顶，任和风徐徐，仰天数着一颗一颗星星，凭眺山脚下的汉江，欣赏着那渔火点点……"啊，那江中的点点渔火，犹如大海中的明灯，指引着我们的未来；啊，那岸边摇曳的芦苇，犹如少女的长发，轻抚着我们的胸怀。……"记得初二时我写了这么一首诗，张贴在墙上，供全校赏析。在那没有音乐、没有诗歌的年代，哪怕是一丝丝抒情，都会引人瞩目。被人瞩目时，人就会更加专注。有时，为了借阅一本"诗"书，我会帮别人劈柴，换取一夜的"阅读权"。看了一夜的书，脸上被煤油烟熏的花脸似的（那时点的是煤油灯），但精神十足。趁大人没起床，我悄悄爬进"皇桶"（装大米的木桶），偷点米，赤脚跑十来里路，到汉江边找渔民换几个馒头，哼哼地啃着去上学。慢慢地，我积累了一些关于诗的知识和兴趣。1975年高中毕业时，我唯一的梦想是当作家。所以，无论是当民工、当民师、在家劳作，我拼命地写诗。记得有一年大年三十，全家都在等我团年，而我却躺在我家后面的"七宝山"上"写诗"。那时，简直就是一种狂热，一天能写五首（当然有浓厚的政治色彩），还自编了几本诗集。1976年秋，我还完成了电影剧本《在希望的田野上》，得到当时省电影局有关人士的青睐，如果不是时局变化，有可能拍成电影了。后来，我的路却是走向了另一个方向。

二、游走荆楚门户

在荆门，我曾拥有一段田园诗般的生活。荆门是湖北省历史文化名城之一，也是中国优秀旅游城市，境内有世界文化遗产——明显陵，以及楚汉古墓群、屈家岭文化遗址等文化古迹，诞生了朱厚熜（明嘉庆皇帝）、老莱子、宋玉、莫愁女等一批历史名人，留下了"阳春白雪"、"下里巴人"等历史典故。1975年9月，我有幸成为金螺小学的一名民办教师。之后我当了半年幼师、一年小学1~3年级班主任和语文老师、半年初一语文老师（那时村里有戴帽初中）。1978年9月，我考取了荆门师范学校（现为楚荆理工学院）数学专业。天生对数字不敏感的我，数学是我的短板，我常常考试不及格。因为有先前的基础，语文成绩倒名列全校前茅。读书期间我写了不少诗、散文，还有小说。1980年8月毕业我被分配至老家马良镇刘集初中任初中数学老师，后又调到姚集学校任语文教师。1982年8月我被调到镇教育组担任扫盲干事和中学教研员，这在乡村算是不错的工作岗位。

一个偶然的机会改变了我的命运。1983年10月汉江涨大水，马良镇破堤分洪，受灾严重，全镇学校休课。出于自己的职业和爱好，在此期间我写的不少新闻报道，被《湖北日报》采用，马良镇学校受灾情况引起市教育局重视。灾后，荆门市教育局新任局长何帮志带一批干部到姚集教育组视察，我有幸与之相识。新组建的市教育局办公室正好缺人，何局长回去后指示人事处借调我去市局工作。1985年，我正式留在荆门市教育局。何局长在后来工作中给了我诸多提携，成了我的良师、益友和恩人！他去逝时我写了一首小诗："平头局长平头起，百姓官员百家爱。两重天地集一时，一瓶郎酒动地衰。"以纪念因酒结缘并缅怀他的平易近人，感谢他的知遇之恩。在荆门市教育局我当过普教科、人事科科员，职教科副科长和科长；1995年我又被提拔为荆门市教育科学研究所所长兼《读写算》杂志社社长。后来，又任荆门市职业中专副校长。后来的后来，我不愿走行政之路，一心想到高校当教师。1998年，我调任荆门职业技术学院高教所所长。1999年12月，在全国第一次人才引进浪潮中，我有幸被引进到天津职业技术师范大学。

三、阔步津沽大地

在天津我吟唱了一首职业教育新诗。天津是中国古代唯一有确切建城时间记录的城市，亦称津沽。历经600多年，造就了天津中西合璧、古今兼容的独特城市风貌。天津是中央直辖市和北京的后花园，这里民风淳朴，人们安居乐业。这个城市十分重视职业教育，创有中国最早的至今还存在的"劝业场"。我在北京大学访问时，在北京大学图书馆发现的中国第一本职业教育理论著作，就是天津学者何清儒先生在1941年出版的《职业教育学》（这是我学术生涯中的一个重要发现）。因而，天津的职业教育闻名于世。天津职业技术师范大学以培养职教师资而著名，被誉为"中国职教师资的摇篮"。1997年和2005年曾两次获得国家教学成果一等奖，先后创立了"一体化双师型职教师资"和"本科+技师"人才培养新模式，享誉国内外。2017年第33个教师节时，李克强总理专程考察了这所学校。

在孕育"工匠之师"的天津职业技术师范大学得到的陶冶和提升，奠定了我的职业教育事业。十年来，我创作了五件值得骄傲的作品：一、领衔申报了职业技术教育学、高等教育学和教育学的一级学科；二、牵头创建了国内首个市（省）级重点学科"职业技术教育学"；三、领衔组建了市级优秀"职业教育"教学团队；四、成功申报国内首个"职业教育学"国家精品课；五、总结提炼了研究生培养"三双"模式，与双师型教师、本科+技师并称该校三大人才培养模式。特别是在研究生培养方面，我先后与北京工业职业技术学院、天津现代职业技术学院、广州职业技术教研室、云南玉溪工业财贸中专学校等全国众多的职业院校建立培养合作关系，开通了优质生源和优质就业的渠道，培养了一大批目前活跃在中国职教领域的中青年领军后辈力量，深受社会好评。国内一所顶尖大学教授评价：天津职业技术师范大学职业教育学硕士研究生培养经验值得在全国推广。

一分耕耘，一分收获。学校给予我不少荣誉，我先后获得天津市先进教师、五一劳动奖和天津市教学名师等光荣称号。这一阶段，可以说，我由一名职教管理者正式转型为职业教育研究者和实践者。非常开心的是，我能够把最美好的年华献给美好的天津。凭着这些成绩，我后半辈子完全可以舒舒服服享受晚年。可是，没想到职业生涯发生了变故，又给我提供了再次创业的机遇。后来，我写了一首诗："是非当年染津门，谁知一发动全身；世事沧桑岂难料，晚香依然却洲城。"在这里，我特别感谢孙焕良教授，一次在天津开会时我们对饮一瓶茅台酒后，2011年我就被"拐"到了更加美丽的湖南。

四、畅行湖湘山水

湖南地处洞庭湖之南，山清水秀、人杰地灵、文化富厚。湖南农业大学这所百年老校，毛泽东主席亲自题写校名，赋予其一种历史责任，彰显古之农耕文化的底蕴。这里，我们把美丽的湖南农业大学称为"学园"，是借用古希腊的"Academus"一词，意指其为探究高深学问的研究机构。学园保护、孕育个体灵性发展，滋润师生生命共同成长，亦是逸园、家园与乐园。

这个服务乡村的"学园"，为来自乡村且研究农村教育的我搭建了一个可以施展才华的平台。2011年以来，在承担应有的教书育人的责任的基础上，我又取得了新的事业成就：一是课题再上新台阶，主持完成了国家社科基金（教育学）课题"中国现代职业教育理论体系：概念、范畴与逻辑"；二是服务再创新局面，创建了国内高校首个"现代技工教育科学研究中心"，与全国60多所学校合作，获得50多项横向课题，在全国产生较大影响；三是教学再获新业绩，在以前主持国家精品课程"职业教育学"的基础上，又主持教师教育国家精品资源共享课"职业教育管理学"，成为全国拥有两门国家课程的教师之一；四是学术再获新成果，著作《职业教育基本理论纲要》和《职业教育管理学》先后获得湖南省哲学社会科学二等奖，使自己独立和第一主持的省级政府二等奖累积为五项；五是理论再聚新智慧，出版专著《乡村卓越职教师资培育导论》，创造性地提出乡村卓越职教师资培养"三D"模式理论和范式，在全国率先探索培育"乡村工匠之师"新路。最值得欣慰的是，在学校领导的支持下，我作为团队主要成员之一参与创建了国内唯一的"教育生态学"博士点。之后,我有幸被评为国家"二级教授",达到一个新的学术境界。就此我写了一首诗:"农门出生再入农,重任三地足迹重;幼小中学始充盈,本硕博士终贯通;科长所长又校长,学工农工还教工;布衣园丁抵千丁,笑傲杏坛乃从容。"这里的"从容"便是指上述叙述的境界。

我职业生涯的最后一站达到一个新的境界得益于我的时间宝贝。在同仁看来,我是个酷爱工作的人;在家人看来,我是个罔顾门庭的人;在学生看来,我是个训练魔鬼的人;在自己看来,我是个珍惜时间的人。记得2016年暑假,我上午在贵州威宁职业学校培训,中午就赶往井冈山,晚上要为民生银行干部培训,第二天晚上还要赶回贵州为厦门集美职业技术学校教师讲课,来去几乎都在车上吃饭和休息。这种情景,撩发了诗兴,我乐在其中地哼道:"朝发贵阳北,午食长沙南;夜宿井冈山,终日车上酣。"确实很忙,我觉得人的一生要对得起生你养你的父母,要对得起自己,更要对得起有知遇之恩的集体、领导和朋友。湖南农业大学于我有知遇之恩,我出版了个人诗集《百年行吟》,特别描写了"逸苑十景",抒发了我对湖南农业大学这个"逸苑"的溢美之情。

五、尾声

最后,出版个人诗集是我的夙愿,三年前我和我的学生就决定把诗集作为礼物献给我的一百年。今天,诗集能够出版,感谢之情很多。其一,感谢恩师。张应强老师的怀乡之诗、董泽芳老师的恋亲之诗、孙绵涛老师的精术之诗和赵承志老师的内敛之诗都给我提供了写诗的学养。特别是在整理收集过程中,我获得孙绵涛教授赠书《古林斋吟稿》,颇受启发。其二,感谢领导。湖南农业大学周清明书记对我无微不至地关怀;符少辉校长在关怀之余,还特地审读了部分诗稿;陈岳堂副校长支持并参与了《学园吟》中的部分诗意活动;湖南农业大学宣传部前部长、教育学院党委书记周先进教授审读了部分诗稿;中华诗词学会副会长、湖南省诗词协会会长彭崇谷先生特为本诗集题字;荆门市文联副主席彭金淋先生和宜昌市作协副主席谭家尧先生分别慷慨题写书名与作序。在此一并表示衷心的感谢。其三,感谢学生。几年来,众多学生建议我将日常写作的诗出"集",他们给了我写诗的动力和源泉。今年暑假,肖萍婷同学和田峻杰同学,在40度的环境下整理诗集,付出了艰辛的劳动。还有在我办公室兼任秘书的尹佳、周芬、屈佩斯等本科生给了我无私的帮助。特别是与我"失联"28年的初中学生王晓霞,转辗联系上后,写下一段深情的话。其四,感谢家人。这并非一本纯粹的诗集，这是一部个人发展叙述史。在我的发展过程中，家人为我承受了巨大的压力和做出巨大的奉献。其五，感谢朋友。能够走到今天，我要感谢的朋友众多，得意时给以警醒的，苦恼时给以开导的，困境时给以支持的，举不胜举。其六，感谢编辑。特别要感谢湖南师范大学出版社的谭南冬编辑，在编辑任务繁重的情况下，为本诗集的出版加班加点；感谢湖南星瑞鸿达文化传媒有限公司的田泽兰总监，牺牲业余时间专门为本诗集作艺术设计。总之，本诗集是众人智慧和精神的结晶。

诗言志，志达情。本诗集在写作上既守源又创新，并不是严格意义上的"艺术体诗"，没有严格的押韵、合辙和归律。它应该是一种"传记体诗"，依照个人发展阶段、所经历的故事，关照了个人的情绪、感悟和叹吟。主要包括"三生吟"、"乡亲吟"、"师生吟"、"友谊吟"、"景情吟"和"学园吟"等六卷，叙说了生命六十年的"行"和职业四十年的"吟"。既有对家乡亲人的怀念，又有对师生之情的欣慰；既有对前辈和朋友之情的感恩，又有对祖国大好山河、人文景观的赞美；更有对伟人的缅怀和对学校知遇之恩的敬仰。常言道：不如意事常八九，可与人言无二三。不可避免，本诗集有诸多瑕疵，但有一点是完美的，即对人对己的扬弃和对景对情的愉悦！

这本诗集的出版，算是我对个人的职业生涯作了一个回顾，对朋友、同仁和所有关心我的人作了一个交代。人生无怨，人生无悔！

周明星

2017.9.10

于湖南农业大学泉水塘小区

诗一样的人，人一样的诗

——品读湖南农业大学博士生导师周明星教授的诗集《百年行吟》

谭家尧

认识周明星教授，大概是在六年前的一次饭局上。席间，周教授推杯换盏，雄论滔滔，出口成章，给我留下了"当今太白"的印象。在日后的工作交往中，发现教授真乃性情中人，诗一样的浪漫秉性，人亦如诗歌一样，自然率真。与教授谈诗论道，其情也融融，其境也陶陶，其心智也开朗。

周教授将自己几十年的随性之作收集成册，诗集名为《百年行吟》，自述道"我生命的六十周年和我从教四十周年，加起来正好一百年。"诗人用诗人的浪漫丈量岁月的长短，用诗人的激情行吟如歌的岁月，用对教育事业的一颗赤诚之心守卫如诗一般的精神家园。《百年行吟》的行板是做人的悠然态度，行腔是诗人在人生之路上跋涉的咏叹调。

诗集《百年行吟》分为《卷一·三生吟》《卷二·乡亲吟》《卷三·师生吟》《卷四·友谊吟》《卷五·景情吟》《卷六·学园吟》等6个诗章。

《卷一·三生吟》，凡诗十四首。本卷中《自题·我的三生》，述诗人成长轨迹，表诗人心路历程。六十花甲非蹉跎，三地教坛苦乐。一路走来一路歌，声声咏叹如浪波。《六十立春》乃花甲之叹："万木生春正七日，弹指一挥已花甲；落花开花纷旧枝，往年返年繁新芽；乡师无辈虽沙洋，教授有级却长沙；世事沧桑岂难料，书香依然映晚霞。"桑榆非晚，彩霞满天，意趣之乐，诗中可见。《人生》真谛，悟之则自醒，晓之则日月自鉴，谁道人生之哀不可测也。凡事当如诗人一样泰然处之，无计前路有风雨，莫听窗外打叶声，怡然自得，此乐何极！《无上妙品·酒鬼酒》乃品酒之作，取水三湘，陶土窖藏。秀水天香，醉杀酒鬼成仙狂。《书涯四部曲——写给爱书的人》，诗人述读书之乐趣，添睿智养精神，读万卷书行万里路；述藏书之满足，家财百无一有不可谓穷，宅无纸张笔墨为精神赤贫。自古倡导耕读为本，世代相传也。教书之乐，教学相长也；著书之乐，乃读书人升华所造也。四步成趣，相得益彰。《这是一壶老酒》既是诗人对自己人生的总结，又是自安、自我鞭策励志之作："这是一壶老酒，浓郁味醇厚；闲来无事时，醉上你心头！这是一壶老酒，揣着闯西口；一坎又一坎，春夏冬和秋！这是一壶老酒，能解忧和愁；不管风和雨，昂首往前走！这是一壶老酒，壮志还未酬；人间再烟火，让你喝个够！这是一壶老酒，窖存已良久；开坛满地香，值得你拥有！"整首诗四段，一起二承三转四合，一气呵成。

周教授戏称人生快意当诗酒，从教授的心性来看，崇尚自由，酒伴始终，酒后豪言壮语，自为人生之快。往往酒后出教研之机巧，发育人之哲思，时有灵感擦出火花迸发出来，经典警句、随性之诗发自内心，诗酒之歌随意流露，恣意汪洋。在中国，诗与酒始终交融在一起，诗酒之乐，也是人生之乐。周教授以《百年行吟》的豪气来记录人生时段的点点滴滴，他一路走着、唱着、写着，沿袭了古代文人的习惯，身背一壶酒，沿着蜿蜒崎岖的人生之路，一路行吟。这正是——

自古诗人不饮酒，未必都是真情秀。

酒后一狂非纵情，百年行吟写春秋。

教授诗酒不离口，酒过穿肠诗自有。

快意人生当如此，失意更应伴诗酒。

《卷二·乡亲吟》共九首。《回到故乡》有七段，每段四句，为四、九、九、七字，每段字数相等。感情基调是忧郁的，表达了"物是人非事事休"的哀伤之情，无尽的惆怅与怀念，把一首怀旧诗写得如此婉约而有情味儿。《乡愁不是愁》同样是一首念旧的追思诗，笔法采用民歌的形式，韵味儿十足，韵律和谐，一浪推一浪，历数儿时的记忆、家乡的符号，表达了诗人浓浓的乡情。《吾家》为七言律诗，有《归园田居》之诗感，发闲云野鹤之乐。万木依旧，过往皆现，把酒临风，闲看庭前花开花落，得失不计；漫随天外云卷云舒，宠辱不惊。《怀念父亲》和《数字母亲》属于姊妹篇，为两首七言律诗，前一首主在叙述，后一首善用数字，刻画了勤劳、朴实的父亲和勤俭、善良的母亲形象。接下来两首诗是写儿子成长的诗歌，从儿子行走到他第一次涂鸦，观察细微。这一卷，饱含了诗人浓重的恋乡怀旧之情、追思双亲的养育之情、叙述儿子的成长之情，情系于故土、故人和亲人。我仿佛看到了一个漂泊者背着行囊的画面，漂泊在外的游子给人一种沧桑的感觉。诗人心中的家园必须是父母双全、儿

孙满堂，一生奔波的源头与尽头是诗人流于笔端的悠悠情愫。作为一个漂泊者，诗人期待着重归故里、叶落归根。

《卷三·师生吟》共二十二首。《回忆赵承志老师》为现代诗体，句式散落，连词开篇，画面简单得近乎素描，语言朴实得犹如白话，意境清阔明朗，一个乡村好教师的形象，在诗人的眼里，永远是高大难忘、鲜活而清晰的。《师颂》，为七言绝句，一、二句意写老师年届七旬仍精神焕发，为下句张本。三、四句概写老师的出身和学术地位，五、六句再写老师教学得法，雅兴高尚，为人正派清廉。七、八句总括老师桃李遍天下、长流芳香满人间。《无题》四句话，意境深，诗意浓，落句用典，起到了收笔画龙点睛的作用。《在北大的日子里》分别叙述了诗人置身北大名校，在学习室、图书馆、学术厅、红楼、未名湖的感受心得，最后一段为总结，有人过留名、雁过留声的意图在，有人在田野须躬耕、秋到收获必有果的感受在。《做中学——魔鬼训练法》两段八句，简洁明了，总结提炼，自成有韵之诗。另有寄语学生的赠言若干，多为点滴琐事、平凡记忆，师生互动之陈迹跃然纸上，力透纸背显教授之温良，字挟风霜见诗人之情愫。诗韵或绵长婉约，或铿锵豪放，尽显师生情深，山高水长。《告别419》，一段一幅画面，教授为弟子画像，追忆往事，不胜感怀，师生相拥，叹岁月匆匆，光阴难再，勉学子奋进，唱大风而望七彩流云，歌岁月而眺前路邈远。《心中有数》，数字开路，信手拈来，自成意蕴。一些寄语赠言，勉励学生奋发向前，激励学生开拓进取，风格多样，大都是即兴之作，幽默风趣。师生之情，是一种高尚并且具有特殊意义的情感，正是这种情感令人难以割舍，正是这种情感让师生相互牵绊，正是这种情感让师生互不分离，互相关心，正是这种情感让恩师理解、追忆和感怀。为人师者的情怀在诗中彰显出博大和宽容，也有一种职业精神在发酵，发酵成了学生念念不忘的诗章。

《卷四·友谊吟》有十二首。《相思·贺新年》为诗人自勉诗。诗中的"梅兰竹菊"四君子，诗人意为同志同道者、同心协力者。全诗品完，方觉诗人视自己亲手创办的"科研中心"如同己身，幻化物与人共处共生共荣。"仰天俯地写南北，相思一壶醉乾坤。"千般豪情寄予樽，豪气豪迈真性情。《津门印象》，津门即天津，面为印象，里为耙梳过往，回忆诗人于黄金岁月任职津门某高校研究所，述谈工作成绩，圈点个人得失。《荆门记忆》，述人生之坎坷，庆韶光逾勾栏。《萍聚槟榔庄园》为答谢友人接待而作，品此诗令人不禁想起了孟浩然的《过故人庄》，与之有异曲同工之妙。在淳朴自然的田园风光之中，举杯饮酒，闲谈家常，充满了乐趣，抒发了诗人和朋友之间真挚的友情。这首诗初看似乎平淡如水，细细品味就像是一幅画着田园风光的中国画，将景、事、情完美地结合在一起，具有强烈的艺术感染力。仁兴造思，富有超妙自得之趣，而不流于寒俭枯瘠。善于发掘自然和生活之美，即景会心，写出一时真切的感受。"谁道海角无故人，浪迹天涯乐逍遥。"收尾体现逍遥之乐，岂不是庄周之乐乎？抑或是王孟之隐身之乐也。点染空灵，笔意在若有若无之间，而蕴藉深微，挹之不尽。《友谊》为20世纪70年代的作品，五言四句，由远及近，翠竹红梅相继纳眼，末句诙谐……还有一些友人赠言题诗，体现了君子之交淡如水、文友神交意趣归一的思想。

《卷五·景情吟》二十八首。《红色行》从韶山开始，一路歌咏：胡耀邦、陈独秀、瞿秋白等伟人故居，逐一落笔。井冈山、瑞金，每到一处，诗人触景生情，弄笔成章。名胜名楼，小吟成歌……

《卷六·学园吟》三十四首诗歌。首篇"学园"统照八景，"百年修业大学堂，五谷丰登著逸园；一河二井三寸湖，七路六楼半亭轩"，全诗四句，每两句相对。首句总写湖南农大的历史，第二句写百年农大成果累累。第三句概写湖南农大坐落在水乡之地，为水乡学府之城。第四句，点指湖南农大的纵横交通、建筑历史、亭轩小景。四句诗，上出下对，上总下分，于诗理，像音乐起伏铿锵之跳荡，于诗情，借校园之风物吐万丈豪情。以下12首，有五言和七言、韵律和谐的民歌，激情澎湃——千年古井，永恒灵泉。红枫秋景，堪比红霞盖头上，落红缤纷，诗人之遥思，哲理如肌腠。有血有肉，生动入心。寸草湖，百花绕湖，尽显灵秀之气。流莺与百花共舞，蜻蜓与万物齐飞，动静有态，万物相融成一体。和谐之校园，昌盛之时代，桃李皆醉。修业广场，集万千目之所物，罗无数望之所态，扬百年修业之光。五牛奔腾，寓师生自勉奋勇而前行；一壶冰心，喻诗人壮心高洁而不尘。丹桂引路，十里飘香。叶落成泥秋色染，风过入鼻暗香来。诗人之心境，超脱、飘逸、浪漫而神奇，在广阔无垠的想象空间里翱翔，把思维的闪光点用珍珠一样的诗句串起来，挂在岁月的窗棂之上，随风吹起一曲曲动听的歌谣、一幅幅美妙的画面、一段又一段难忘的回忆，这就是诗人的情怀！循着诗人的情怀，想一想，一个人从黄发垂髫到白发皓须，都能以如此诗人般的心境对待生活中的万事万物，那是多么不易。人生也如歌，歌如人生，不管是得意还是失意，诗人的心境终归是快乐的。《别离》基本符合七言律诗的要求，结业即别离，表达了为师者对学生寄予的厚望。《学愁中秋》信手用典，即兴成诗，民风民俗皆成诗章。《南南吟》又是一首民歌小调，小声哼唱，民歌之味儿浓烈且情真——

彩云之南，
聂耳故乡；
岁岁三秩，实业学庠，
演奏着改革职教的示范交响。

洞庭之南，
蔡锷家乡；
悠悠百年，修业学堂，
高亢着发展职教的文化新唱。

云湖南南，
滇楚之乡；
浓浓血脉，创业共商，
合唱着振兴职教的和谐乐章。

民歌风味的特点在于有韵味儿，适合演唱。诗人以名人代表云南和湖南两地，点特色树标识，寻觅文化精神之根，实为牵手两地共写职教篇章。

《你来的恰是时候》，典型的民歌格调，音韵朗朗上口——

海天一色，
白云悠悠；
这是一块放飞的乐土，
你来的恰是时候。

湿地生辉，
绿草油油；
这是一片耕耘的沃土，
你来的恰是时候。

拳头涌动，
跑马溜溜；
这是一片挥汗的热土，
你来的恰是时候。

传说美丽，
曹妃秀秀；
这是一片纯情的净土，
你来的恰是时候。

舟楫遏浪，
海鸥咻咻；
这是一片远航的故土，
你来的恰是时候。

　　这首诗歌的特点是每段句式相同，字数相等。首句有楚风诗经的影子在，第三句稍有变化，只是每段的定语修饰不同，被修饰的主语分别是"乐土、沃土、热土、净土、故土"，如果引颈而歌，像一首山歌那样高亢绵长，又像情歌那样如丝如缕。

　　周教授六十花甲出诗集《百年行吟》，整部诗集以歌吟为主，六章涵盖了自思之篇，发人深省；亲情之篇，道岁月流转、物是人非的感慨，对亲人的怀念，读后令人潜然泪下；师生之篇，述乐学旧事，岁月的风铃一如挂在校园老树上的铁钟，铁打的校园流水的学生，这种记忆之美，只有教书人才能深深地体会得到；友谊之篇，是诗人广交知心朋友的力作，诗人与友人互动，如叶落湖面泛起的涟漪，小小的波纹传向更远的深处，达到了宁静致远的效果；景情之篇，是诗人游学、游历的激情表达，才华横溢的教授往往是一路走一路歌，其情毕现。学园之吟，多为置身湖南农大之作，也有少量篇什出自各种项目、会议研讨即兴时作。人生一世，草生一春，莫道桑榆晚，为霞尚满天。诗人之苦乐、感慨全化为咏叹之调，这正是——

教坛四十年行云如歌扬，

人生六十载壮行如诗章。

百年行吟歌流水归大江，

花甲弄情舞夕阳成绝唱。

弦凝评弹千古春秋故事，

酒后诉说平生风雨过往。

2017年8月30日写于广州南湖

谭家尧：湖北省作家协会会员，宜昌市作家协会副主席，宜昌市夷陵区理论家协会副主席。

百春乃吟

卷一　三生吟

百章乃吟

| 附录 |

卷一

三生吟

百年吟

一生：人与自然

二生：人与他人

三生：人与本我

11岁　18岁　20岁　30岁　35岁

48岁　51岁　54岁　58岁　60岁

自题·我的三生

农门出生再入农，①
重任三地②足迹重；
幼小中学始充盈，
本硕博士终贯通；③
科长所长又校长，④
学工农工还教工；
布衣园丁抵千丁，
笑傲杏坛乃从容。

| 草于广州2012.8.28 |

农门出生再入农
重游三地执教重
务小中学始充盈
奉顾博士终贯通
科长所长又校长
学工农工还教工
布衣园丁振子丁
笑傲杏坛乃淫窝
阔明星先生六十华诞自题
丁酉年 双先敬书

| 吴双先先生书写 |

| 注释 |

① 作者出生于湖北省荆门市沙洋县马良镇金螺村一农家，现在湖南农业大学工作。

② 三地：湖北、天津和湖南。

③ 从教幼儿园到中学，直到本科、研究生、博士。

④ 作者担任过教育局科长、科研所所长和中专副校长。

回首

| 题记 |

2017年国庆节，孙焕良教授约我和义秋游屯溪小镇。夜静人酣，浮想联翩，回首自己跌宕人生，颇多感慨，留诗一首。

六秩生涯三尺间，

一生跌宕多危安；

蹉跎数年经谈笑，

际遇几番历辛艰；

竹翠岂怕雾云卷，

松苍何惧朔风寒；

荣辱沉浮寻常事，

只将夙愿付青山。

2017年10月1日于屯溪小镇

六十立春

作者于湖南农大拍摄

| 题记 |

　　按约定，初五我和聂清德博士先后回学校。初六，我、清德和时任访问学者温晓琼(现为博士生)到办公室讨论二月份工作。次日，改国家社科基金书稿。今天正好是2017年2月3日，大年初七，立春；在我临近退休遇到立春，是否是一种预示呢？忽然想起唐代诗人罗隐的《京中正月七日立春》："一二三四五六七，万木生芽是今日；远天归雁佛云飞，近水游鱼迸冰出。"于是引发诗意。

万木生春正七日，

弹指一挥已花甲；

落花开花纷旧枝，

往年返年繁新芽；

乡师无辈虽沙洋①，

教授有级②却长沙；

世事沧桑岂难料，

书香依然映晚霞。

作于农大十教419办公室

2017年2月3日

| 注释 |

　　① 沙洋：指作者老家沙洋县。

　　② 作者在湖南农大评为二级教授，这是文科教授最高级。

| 2012年摄于武汉大学樱花节 |

| 摄于布达拉宫 |

人　生

| 题记 |

　　从天津来到湖南后，我对人生有了进一步的理解。何为人生？人生中，有酸、有甜、有苦、有辣，只要你用心去品味，就会发现它们都是动听的歌曲。人生如戏但不是戏，戏可以彩排、可以重演，而人生不能重新再来；人生是棋但不是棋，棋可以悔棋、可以重下，而人生应该走好每一步，每一步都要脚踏实地。戏可以装饰，而人生不能游戏，人生短暂，经不起蹉跎，当我们谢幕人生的时候，一切都来不及了。

自静其心阅古今，
生活处处有伏笔；
山色淡淡分远近，
人生进退见高低；
若要大胜借对手，
假使完美靠自己；①
失意时分寻进路，
得志那刻且退避。

作于湖南农业大学碧荷轩207办公室
2012年5月

| 注释 |

　　① 我的人生体悟：小胜靠朋友，大胜靠对手，完胜靠自己。

欧洲九记

| 题记 |

　　2009年10月，应荆门职业技术学院邀请，我随同该校教师一同考察欧洲十一国，历时近20天，深受欧洲文明的启迪，写下九记。

【 一、慕尼黑①广场 】

广场玛利亚，

饮尽慕尼黑；

骇世啤酒馆，

却为古村鹤。

| 注释 |

　　① 慕尼黑（德文：München），也称明兴，是德国巴伐利亚州的首府。慕尼黑分为老城与新城两部分，总面积达310平方公里。2010年人口为130万，是德国南部第一大城，全德国第三大城市。慕尼黑同时又保留着原巴伐利亚王国都城的古朴风情，因此被人们称为"百万人的村庄"。1923年，希特勒和他的支持者（当时都集中在慕尼黑）发动了"啤酒馆政变"。

【二、法国凯旋门^①】

雄师凯旋门，

军人信仰魂；

出征壮士出，

马赛胜利归。

| 注释 |

①　巴黎凯旋门，即雄狮凯旋门（法语：l'Arc de triomphe de l'Étoile），位于法国巴黎的戴高乐广场中央、香榭丽舍大街的西端。

【三、阿尔卑斯山^①】

欧洲分水岭，

阿尔卑斯山；

跨界六国土，

地貌陈列馆。

| 注释 |

①　阿尔卑斯山脉是欧洲最高的山脉，位于法国、意大利、瑞士、德国、奥地利和斯洛文尼亚6个国家的部分地区，主要分布在瑞士和奥地利境内。

【四、罗马斗兽场①】

人兽格斗泣，
贵族赏悦笑；
建筑奇迹诗，
欧洲文明谣。

| 注释 |

① 古罗马斗兽场是古罗马帝国和罗马城的象征，是罗马古迹中最卓越、最著名的代表，是当今世界八大名胜之一。斗兽场又名竞技场，也有人称它为露天大剧场。称它为斗兽场，是因为这里曾是古罗马角斗士与猛兽搏斗、厮杀以博取皇帝、王公、贵族一笑的地方。称之为竞技场，是因为场中可以竞技、比赛、歌舞和阅兵。斗兽场的全称叫"科洛塞奥大斗兽场"。

【五、威尼斯水城】

破浪贡多拉①，
夜游白岛城②；
水巷通曲径，
蜿蜒醉人沉。

| 注释 |

①威尼斯尖舟有一个独具特色的名字——"贡多拉"。这种轻盈纤细、造型别致的小舟一直是居住在潟湖上的威尼斯人代步的工具。据1094年文献记录，其名来自7世纪时的第一任总督。
②白岛城即威尼斯水城。

【六、梵蒂冈城①】

独立国中国，
城邦梵蒂冈；
精神信仰地，
小庙大方丈。

| 注释 |

①梵蒂冈城国（意大利语：Stato della Città del Vaticano），简称"梵蒂冈"，是一个独立的主权国家，也是一个资本主义国家。由于四面都与意大利接壤，故称"国中国"。同时也是全世界天主教的中心——以教皇为首的教廷的所在地，是世界六分之一人口的信仰中心。

【七、布鲁塞尔尿童①】

英雄小于连，
全球最著名；
撒尿灭战火，
捐躯救人民。

| 注释 |

① 传说西班牙占领者在撤离布鲁塞尔时，打算用炸药炸毁城市，幸亏小男孩夜出撒尿，浇灭了导火线拯救了全城。为纪念小英雄，雕刻了此像。布鲁塞尔小尿童即小于廉，又译为尿尿小童、撒尿小孩、小于连等，是比利时首都布鲁塞尔的市标。这座闻名于世的小男孩铜像是一坐落于市中心步行区的小孩子像及喷水池。这个五岁小孩身材的雕像不大（身高约53厘米），但有将近四百年的历史。

【八、莱茵河①畔】

一步一乐章，
莱茵交响曲；
海涅为何迷？
水中美人鱼。

| 注释 |

①莱茵河是西欧第一大河，发源于瑞士境内的阿尔卑斯山北麓，西北流经列支敦士登、奥地利、法国、德国和荷兰，最后在鹿特丹附近注入北海，全长1232千米。莱茵河在欧洲是一条著名的国际河流。

【九、荷兰①】

海上马车夫，
低地郁金香；
观光拥四宝，
自由且放荡。

作于天津职业技术师范大学
2009年12月

| 注释 |

①荷兰是世界有名的低地国家。在17世纪，荷兰是当时世界上最强大的海上霸主，曾被誉为"海上马车夫"。荷兰是一个高度发达的资本主义国家，以海堤、风车、郁金香和宽容的社会风气而闻名，其对待毒品、性交易和堕胎的法律在全世界是最为自由化的。荷兰是全球第一个同性婚姻与安乐死合法化的国家。

百家吟咏

瀑　布

| 题记 |

瀑布之所以成为奇观，是因为它有绝处逢生的勇气。

要出谷，要下山，
一声呐喊；
从云崖扑下，
把怪石横穿！

要入海，要出川，
一阵狂澜；
从江河冲出，
把惊涛拍岸！

要逢生，要平坦，
一路畅酣；
从山河指点，
把自然浩瀚！

2013年10月

我爱蝴蝶兰

| 题记 |

　　应山东临沂理工学校邀请，我与周先进教授到该校考察。之后，参观了全国最大的农业公园，其中有蝴蝶兰专馆，蔚为壮观。自拍了这些照片，写下此诗以传递美的能量和追求美的精神。

我爱蝴蝶兰，
你有高雅的风范；
犹如一尊君子，
鹤立鸡群独一爿。

我爱蝴蝶兰，
你有灵动的花斑；
犹如一只蝴蝶，
多姿多彩扇璀璨。

我爱蝴蝶兰，
你有兀兀的草幡；
犹如一幅国画，
巧夺天工几回看。

我爱蝴蝶兰，
你有摄魂的香宪；
犹如一股芬芬，
气韵飞扬迷宫泮。

草于山东兰陵县国家蝴蝶兰公园
2017年8月13日

图片拍摄于中国兰花馆

百季乃吟

无上妙品·酒鬼酒

三湘①湘水甲，
酒鬼②鬼天下；
赭颜陶土铸③，
白色佳酿呷；
浑成自然香，
巧作文化雅；
妙品无限饮，
炎凉皆醉杀。

2016年12月 作于常德

注释

①三湘：湖南别称"三湘"。关于"三湘"一般有下面几种说法:第一种说法是指湘水发源地与漓水合流后称"漓湘"，中游与潇水合流后称"潇湘"，下游与蒸水合流后称"蒸湘"，故名"三湘"。第二种说法是指湘乡为"下湘"，湘潭为"中湘"，湘阴为"上湘"，合称"三湘"。第三种说法是湘北、湘西、湘南三地区的总称，泛指湖南全省。

②酒鬼：指酒鬼酒，该酒产地位于湖南省吉首市。酒鬼酒文化个性的表层内涵是源于自然，浑然天成。在湘西，"鬼"代表着一种超越自然、超越自我的神秘力量，诉求着一种自由洒脱的无上境界，昭示着一种人与山水对话、与自然融合的精神状态，寓示着一种至善至美、质朴天然的审美情趣。

③赭颜陶土铸：赭颜，两字运用拟人手法，趣味表达酒鬼酒的外包装瓶子颜色像是人酒醉而脸红。陶土铸，酒的包装材质。

书涯四部曲

——写给爱书的人

读书，读书，
这是最虔的信徒；
它让你聪让你明，
读懂人生坦途！

藏书，藏书，
这是最大的满足；
它让你富让你有，
藏起人生痛苦！

教书，教书，
这是最亮的蜡烛；
它让你痴让你醉，
教会人间理喻！

著书，著书，
这是最高的拓扑；
它让你思让你想，
著出人类宏图！

2011年7月天津家中

书涯四部曲
读书 藏书 教书 著书

■湖喝星

四部曲

和大多数人一样，我一直在读书，在读着不同的书。我认为，对于人生来说，最重要的是阅读两部书，一部主要靠视觉读的有字之书，即前人的经验，也就是"知"。一部主要靠感觉读的无字之书，即个人的体验，也就是"行"。仅读有字之书，可能会成为肉体书橱；仅读无字之书，可能会成为瞎子摸象。故而，两部书不可偏废，要相得益彰。在有字之书方面，除幼儿园和博士后外，我几乎读过各个层次的教科书，小学、初中、高中，并先后获得文学学士、教育学硕士和教育学博士学位。我读书涉猎广泛，

书，1975年，我高中毕业便回乡担任乡村民办教师。那时候，教书先生是不值钱的，但我还是教过2个月的"红幼班"。半年后便是从小学一年级到初中一年级。那时村生是糊糊初中。后来随着学历的不断提升，教书档次也跟着上升。先后教过初中数学、高中语文、中专的教育学、专科生的专题讲座，现在主要教本科生教育学、教硕士研究生的职业教育原理和职业教育课程开发等。教了几十年的书，从乡村民办教师到大学教授，却未成为教学名师，但对于名师倒是有些感言。我认为，凡是教师总是在追求三层境界：经师、人师和大师。经师是授业解惑的工匠之师，人师为教书育人的园丁之师，大师为融合智慧的大家之师。只有不断追求理想境界的教师才

|附|

【书涯四部曲】

读书｜藏书｜教书｜著书

　　和大多数人一样，我一直在读书，在读着不同的书。我认为，对于人生来说，最重要的是阅读两部书：一部是主要靠视觉读的有字之书，即前人的经验，也就是"知"；一部是主要靠感觉读的无字之书，即个人的体验，也就是"行"。仅读有字之书，可能会成为肉体书橱；仅读无字之书，可能会成为瞎子摸象。故而，两部书不可偏废，要相得益彰。在有字之书方面，除幼儿园和博士后外，我几乎读过各个层次的教科书，小学、初中、高中，并先后获得文学学士、教育学硕士和教育学博士学位。我读书涉猎广泛，最初是读小说。曾记得，初中时为了借读别人一本《茶花女》，利用星期日帮人家劈了一天的柴。后来，读科普书籍，比如《十万个为什么》《青春期性知识》等。再后来，读专业书，诸如《文学原理》《教育学原理》等。现在读哲学，《论语》《老子》《理想国》等。在无字之书方面，我侧重于践行。我当过农村生产大队记工员（那时出勤称出工，每出一次工要记分)、民办教师、中学教师;在教育行

政部门当过科员、科长，职业中专副校长；在教学科研部门当过教研员、教育研究所所长，创办过民办研究所，还当过公司经理，办过矿泉水厂，换过8个单位，调动过12次住房。在无字书堆中，我既翻阅了人生的艰难，也享受了人生的乐趣。

读书人必嗜书，嗜书人必爱藏书。小时候，我常常偷家里的谷子到汉江边找船工换零钱买书，不知挨过多少打。现在，和大多数读书人一样，我的大部分工资用于购书。每到一个新地方，首访的必是书店。开始爱藏的是小人书，后来是教科书，再后来是专业书。现在，我的藏书有哲学、宗教、神学、经济学、法学、文学、史学、教育学等，现代的、历史的，国内的、国外的。前几年，我还收集到一本明刻残书《广事类赋》，据说有相当价值。当然，我藏书不是装点门面。对于书架上的书中的重要内容，我尽可能装在脑子里，到用时我可以信手拈来。2001年春节，我从荆门被引进至津门。正月初三启程，一辆卡车、一家人和一车书。临别时我妈直掉泪：这半辈子了，啥也没有。在长途的跋涉中，虽然寒风刺骨，但我内心是畅快的、热乎的，我觉得自己十分富有。今年，我请一位学生做了一次不完全统计，家藏大概五千册图书。早在1998年10月，我就被湖北省荆门市委宣传部命名为"荆门市十佳藏书户"。读书人藏书实际上是藏的一种爱好、一种精神，更是藏的一种理想。

读书也好，藏书也好，除了自己不断地吸收精神营养外，便是为了教好书。1975年，我高中毕业便在本乡担任乡村民办教师。那时候，教书先生是不值钱的，但我还是教过2个月的"红幼班"。后来随着学历的不断提升，教书档次也跟着上升，先后教过初中数学、高中语文、中专的教育学、专科生的专题讲座，现在主要教本科生教育学、教硕士研究生的职业教育原理和职业教育课程开发等。教了几十年的书，从乡村民办教师到大学教授，却未成为教学名师。但对于名师倒是有些感言。我认为，凡是教师总是在追求三层境界：经师、人师和大师。经师为授业解惑的工匠之师，人师为教书育人的园丁之师，大师为融会智慧的大家之师。只有不断追求理想境界的教师才能成为名师，只有不断培养出值得自己崇拜的学生的教师才能成为被人崇拜的名师。呜呼！师不在名，有徒则行。

教书之余，便是著书。有人说我"著作等身"，即是说，把我写的书竖堆叠起来超过我身高（这可能是我身材不够高的缘故）。因为我出生于农村，最初写的书都与农村有关，我出的第一本专著是《农村综合改革概论》（华中师范大学出版社，1998年)，我主编的第一本书是《农村成人教育理论与操作》（湖北科学技术出版社，1997年）。之后，我撰写的第一本获奖专著《中国教育现代化论纲》（红旗出版社，2000年)，2001年1月1日《中国教育报》头版头条评论，称之为"探索教育现代化问题的力作"。2002年该书又喜获天津市社会科学优秀成果二等奖。我主编的第一套理论书系是《学校教育创新理论》

（16册，中国人事出版社，1999年），我主编的最有影响的一套书是《大视野文库·超常脑力丛书》（6册，中国青年出版社，2001年)，再版7次供不应求，后来被台湾中州出版公司发现，购买版权在台湾发行，远销海内外。我主编的第一套大型工具书《成功校长全书》、《成功班主任全书》、《成功教师全书》、《成功学生全面素质测评手册》（人民日报出版社、新华出版社联合出版，2000年)，2000年3月21日，中国教育报以《散发出属于自己的芬芳——〈评成功教育书库〉》，予以高度的赞赏。进入职业教育领域后，我主编的第一本职业教育著作《职业教育学通论》（天津人民出版社，2002年)颇受到好评，2004年，获天津市第九届社会科学优秀成果二等奖，其中主要论点被不少学者引用。后来先后出版《国际对接:中国教育的樊篱与跨越》（合著，天津教育出版社，2003年)、《高职教育人才培养模式新论:素质本位理念》（天津教育出版社，2004年)和《职业院校双师型教师教育研究》（合著，天津教育出版社，2005年)等三部专著。

回想起来，现在虽然出版专著6部、主编著作12部，洋洋几千万字，但真正有价值的不多。好在同行十分地宽容，多褒少贬，因而我充满了对各位同行、朋友的感激之情!

发表于《职业技术教育》

2006年12月

农家乐

| 题记 |

    2017年暑假，吾邀请肖萍婷、田峻杰、屈佩斯和蔡湘文老师共同整理和撰写《现代职业教育校园文化建设方略》和《百年行吟》两部文稿。从7月1日至8月31日，整整两个月，或收集资料，或整理报告，或吟诗作对，或嬉笑打闹，在湖南农业大学泉水塘9栋2单元102这个"农家院"，尽管酷暑炎热，近40度高温，大家也不懈怠，圆满完成任务。回首时光，乐在其中。

夜半歌声绕余梁，古井新芽喇叭花；①

摇头数扇千斑泪，额首几顾百仞瓜；②

灯下三杯成九人，饮中四句圆八卦；③

借问匠心何处有，逸园诗情寄农家。④

| 注释 |

    ①"农家院"周围的环境。

    ②办公室有两台摇头扇，热到极致时吃瓜解热，俨然是汗流浃背；大家早中晚照常作业，挺住了炎热的夏天。

    ③偶尔几人在浏阳河边排解忧愁，诉说我们暑假的故事。

    ④像这种精益求精、敬心敬业的工匠到哪里去寻找呢？我们在湖南农业大学这个逸园里所表现出来的就是这种精神。

| 图片拍摄于中国兰花馆 |

无题二首

【一】

何时得计千蛊少？
日有殷勤夜有孝。
成功尤需锥刺股，
凤凭英武凰凭娇。

【二】

闲趣一绝灯照魂，
一日三省早归亭。
自信人生坎坷惆，
谁担走出一路平？

1979年11月11日作于荆门师范

咏 志

——题飞剑①歌曲集

【白柳②】

三月杨春风，

冬时白雪景。

试欲万里喉，

借来一支音。

1980年3月作于荆门师范

| 注释 |

①飞剑即宋述猛。

②白柳即周明星。

我有这么一个心愿

——"六一"献词放歌

放下吧

小朋友，你的眼帘。

别这么张望，

小心胀坏了眼；

别这么期待，

我呀，没有什么如意的礼物奉献。

也许，爸爸妈妈做了一套艳丽的衣服。

也许，哥哥姐姐扎了一个彩色的花篮，

也许，叔叔阿姨赠了一辆精巧的小汽车。

也许，爷爷奶奶讲了一段苦难的童年……

我呀，你的老师，你的朋友，
什么也没有，什么也没有！
没有豪华，没有金钱；
没有歌唱，没有美言。
可是，我有：
我有洁廉，我有知识，我有康健！
我有这么一个心愿
——一个朴实的心愿。

小朋友，
你可曾梭动眼珠，
如何迈进成人的门槛？
你可曾讨教过老儿童，
怎样度过自己的童年？
假如你来不及思考，
或者没有这样思考，
最好，请你不要等到明天或者明年。

假如你，只是袒露赤裸的心灵，
莫怪你有这样的感叹：
啊，世界多么有趣，
多么灿烂，
多么新鲜。

你再怎么揉眼，同样：

鲜花，大道，大海的彼岸，

歌唱，劳动，情恋，

简直像百货店中的玩具，

五色六颜，

简直像万花筒里的花丛绚丽斑斓。

然而，这都不是世界，

也不是人生的概念。

真正的世界，真正的人生，真正的……

都是一部偌大偌大的字典。

它不曾出售，人们也不曾看见，

它没有铅字，也没有引人注目的封面。

但是，它都是著作之王，生活的经典。

世界上的许多问题，人生的种种疑难，

这里都有精确的答案。

你要知道吗？你要寻求吗？

就请你仔细地翻阅，思索吧，

那里面一定会有最适合的字眼！

小朋友，

曾经有这么一句诗，

我们姑且看成一副对联：
"清官名流万庶人，
一条渊源锁此间。"
那些正直的"官"，
那些渊博的专家，
那些小草似的庶民百姓，
他们都曾经是一个儿童
有一个含义不同的童年。

小朋友啊，
你们是老子，你们是宇宙，
你们是一切一切，凡是人所能的发现。
这靠什么？靠皇帝，靠神仙？
不！靠知识这个老年的老年。
没有知识，则一事无成；
没有知识，只能说是岁月在延伸，
没有知识，人就是粪土的同义词，
没有知识，国家现代化就是谎言。
岁月更新，知识递增，寿命延年，
你们就是清官，
你们就是名流，
你们就是皇帝，
你们就是神仙！

然而，胜利不在于
浮夸人的万千，
而在于，实实在在，刻苦用功的人的万千！

奋起吧
为中华的崛起，为民族的腾达，
把自己的毕生精力贡献。

啊，
"中国落后"将永远成为历史，
"中国挨打"将永远不再重演，
小朋友，这就看你们有一个怎样的童年。

放下吧，
小朋友，你们的心帘。
别这么张望，小心胀坏了眼；
别这么期待，我呀，没有什么礼献。
没有豪华，没有金钱；
没有歌唱，没有美言。
可是我有
我有这么一个心愿。

作于荆门姚集学校
1981年5月26日

【 感恩教师节 】
在天津职业技术师范大学庆祝第24个教师节会上的发言

尊敬的各位领导，尊敬的各位老师：

今天，我校隆重召开表彰先进大会，庆祝即将来临的第24个教师节。我们首先向今天获得表彰的先进教师表示热烈祝贺！借此机会，我谨代表获奖先进教师和全校教师表达我们节日的心声，表达我们教坛生涯中说不尽的感谢、感悟和感想。

回首昨天，我们有说不尽的感谢。夸美纽斯曾说，教师是太阳底下最光辉的职业。遵从前贤的教导，我们选择了终身为伴的教师职业。在我们的生命历程中，从无知少年成长为大学教师，从普通教师成长为教师群体的先进代表，这离不开党和人民的哺育和培养，也离不开学校领导和全体师生的关怀和信任。近几年，在我校处于快速发展的关键阶段，教师越来越受到尊重，我们也越来越清晰地感受到学校提供的良好的教学和科研条件、广阔的教师专业发展路径和和谐的校园环境。正因为如此，在工作岗位上，教师们化关怀为动力，竭力发挥各自的聪明才智，推动了学校的科学发展，使学校成为特色之校、和谐之校、美誉之校，我们由衷地感到无上荣光和无比自豪。在此，我代表全校教师对党和人民的信任，对学校领导的关怀表示衷心的感谢。

喜看今天，我们有说不尽的感悟。韩愈曾说，师者所以传道授业解惑也。随着时代的变迁和社会的发展，教师角色的内涵得到进一步丰富。教师，已成为一种魅力职业。作为教师要有人格魅力。社会对教师角色有一种道德期待，学生对教师角色有一种示范期待，"学高为师，身正为范"仍然是新时期教师的最高人格标准。作为教师要有交往魅力。人是社会中人，人是在交往中成长的，学生更是如此。教师与学生的交往形成了新型的师生关系。这种师生关系应该是圆润的、民主的、没有距离感的和充满师爱的。作为教师要有知识魅力。教师要传授学生一碗水，自己就要有一桶水。这一桶水，既要广博的通识知识，也要有艰深的专业知识，还应有属于自己的独特的个人知识。唯有如此，才能培养出值得自己崇拜的学生。作为教师要有教学魅力。在教学中，激发学生兴趣，启发学生思维，薄发出高深的知识，让学生蒸发出知识水分，使之内化成"我"的知识。因而，人格魅力、知识魅力、教学魅力和交往魅力成为当今教师的优秀品质。

展望明天，我们有说不尽的感想。毛泽东曾说，作为人类灵魂的工程师，要始终忠诚党的教育事业。怎样才叫做忠诚党的教育事业呢？我们认为有三种境界，这就是要忠诚学生、忠诚学科和忠诚学校。学生是教师之本。忠诚学生，就是要以学生的发展为要，关注学生的身心、学习生活和情感，帮助学生规划职业生涯，引导他们的价值观，从而使他们成长为具有世界眼光的中国公民。学科是教师之根。忠诚学科，我们就是要共同开耕、经营和呵护已有的学科园地，开发新的学科高地，敢于闯开一些学科禁区，共同建设一流的学科家园。学校是教师之家。忠诚学校，即以校为荣，以校为家，急学校之所急，想学校之所想，为弘扬我校办学特色，实现博士点零的突破和早日更名大学，保持国内同类院校领先，建成国内一流水平的职业技术师范大学而做出新的贡献。

耿耿园丁意,拳拳育人心。让我们共同拥抱我校美好的明天，坚守平凡的岗位，成就崇高的理想，无愧于党和人民的重托，无愧于学校领导的殷切期望，无愧于人民教师的光荣称号！

最后，预祝大家节日快乐！

谢谢！

周明星

2008年9月9日

这是一壶老酒

| 题记 |

　　人生如酒，存放的时间越久，香味儿越浓。 这是一壶老酒！值得你珍藏，值得你拥有。因此，我把这首诗作为本卷的压轴。

这是一壶老酒，
浓郁味醇厚；
闲来无事时，
醉上你心头！

这是一壶老酒，
揣着闯西口；
一坎又一坎，
春夏冬和秋！

这是一壶老酒，
能解忧和愁；
不管风和雨，
昂首往前走！

这是一壶老酒，
壮志还未酬；
人间读烟火，
让你喝个够！

这是一壶老酒，
窖藏已良久；
开坛满地香，
值得你拥有！

作于湖南农业大学第十教学楼北419室

2017年8月

| 作者兄弟姊妹5人合影 |

卷二

乡亲吟

百年吟

| 作者全家合影 |

百年乃吟

回到故乡

回到故乡，
回到保我佑我的地方；
一个传说古老的马良，
奔流不息的汉江。

回到故乡，
回到生我养我的地方；
一座长眠父母的坟茔，
沁人心扉的稻香。

回到故乡，
回到居我卧我的地方；
一棵挺拔沧桑的梨树，
刻骨铭心的启航。

回到故乡，
回到润我育我的地方；
一所坐落乡间的母校，
奋发读书的梦想。

回到故乡，
回到劳我累我的地方；
一片错落有致的梯田，

| 题记 |

　　2017年8月14日，我趁暑假回到家乡荆门，携同弟弟周明月、周明松、周红平及家人回到马良，回到金螺，又见到劳作的乡亲，又见到了金黄黄的稻子，又见到父母的坟茔，特别是见到了儿时玩耍的那棵棠梨树。

你追我赶的赛场。

回到故乡，
回到打我骂我的地方；
一声熟悉乳名的呼唤，
不忘初心的营养。

回到故乡，
回到牵我绕我的地方；
啊，回不了的是故乡，
去不了的却是远方！

作于湖南农业大学第十教学楼北419办公室
2017年8月18日

乡愁不是愁

——2015年清明节舒怀

| 题记 |

　　到"清明把酒释别愁"的时节，和家人回湖北荆门马良金螺村为父母扫墓，物是人非，无限惆怅，有感而发，以诗言情。

乡愁不是愁，
是家乡那浊浊的土酒；
你一壶，我一壶，
斟酌着醉倒在自家门口。

乡愁不是愁，
是家乡那湾湾的河流；
前一波，后一波，

追逐着幼儿成人的春秋。

乡愁不是愁，
是家乡那花花的布兜；
里一针，外一针，
密缝着游子闯荡的锦绣。

乡愁不是愁，
是家乡那道道的山沟；
横一条，纵一条，
回荡着放牛娃欢愉的叫吼。

乡愁不是愁，
是家乡那挥挥的双手；
送一程，别一程，
念叨着父老乡亲不尽的挽留。

乡愁不是愁，
是家乡那小小的背篓；
左一个，右一个，
装饰着春眠觉晓的土楼。

乡愁不是愁，
是家乡那羞羞的情窦；
东一处，西一处，
隐藏着曾经的儿女忧愁。

乡愁不是愁，

是家乡那糙糙的烟斗；
吸一圈，吐一圈，
云绕着劳作后的乐忧。

乡愁不是愁，
是家乡那锃锃的牯牛；
蹿一会，歇一会，
吟唱着秋后的信天游。

乡愁不是愁，
是家乡那密密的坟头；
旧一座，新一座，
掩埋着一路伴随的亲朋故友。

乡愁不是愁，
是家乡那苦苦的追求；
贫一生，贵一生，
怀揣着信仰昂首往前走 。

| 作者为父母立的碑文 |

吾家

| 题记 |

　　吾家位于湖北省荆门市区城中双喜村张飞古道旁，始建于2006年，占地近八百平米，上下两层半楼，为兄弟四人共有，平时为母亲居住。十年积累，幼木成林，花果芬香，俨然是市郊和城中的农家小庄园，更是本家长幼亲友、兄弟姊妹聚集的精神家园。2015年，因城区扩建而拆。幼子罗亦周出生时兴，母亲离世时废，正好三代轮回。回眸院内一草一木，那黄雀、那紫荆、那樱花、那柚子、那桂花、那铁树、那葡萄、那栀子、那含笑……眷恋之情，跃然纸上。

隐市藏村古道峡，

十年圆梦积广厦；

迎子送母代温良，

聚亲会友辈尔雅；

一群黄雀檐下嬉，

几枝紫荆墙头暇；

半亩三分终觉少，

唯有大家才是家。

作于湖北荆门双喜村官坡社区

2015年9月30日

南京
长江大桥留影 1971.元旦
南京摄影图片社

怀念父亲

| 题记 |

　　父亲，姓周，名光荣。湖北荆门沙洋县马良镇金螺村四组人。三岁丧父（其父周振新，其爷周同胜），其母（我奶奶，朱氏，因耳聋，我小时候叫聋子婆婆，我们老家管奶奶叫婆婆）被迫改嫁，改嫁后未再生，父亲是她唯一后代。我每年春节都去给婆婆拜年，她也常常来我们家，有时还帮母亲农忙。我记得最清楚的一句话："俭宝，要我帮忙么？"俭宝是母亲的乳名。周莹满月，她特意提了一篮鸡蛋和一套海军服童装来，见到重孙欢喜无比，溢于言表。父亲寒门孤身，被其叔父收养成人。后独立门户，娶荆门沈集无名氏为妻，未育，不知何故，一年后离异。又娶母亲邓德珍，荆门姚集乡沙岭人。后又赡养了孤老周振元，我们兄弟姊妹五人都是他带大的，父亲待他如亲爹。爷爷走的那晚我一直陪他睡，第二天发现他僵硬了，我既没怕也没哭。今年是老父辞世20周年，其留下的精神财富即"勤俭、坚忍、远识"，值得后辈传承和缅怀。

梦魂不惮孤山远，

斜阳人影二十年；

躬耕赡长始劳作，

鬻薪助幼终节俭；

四舍方知盐油贵，

五入岂管柴米贱；

家风留与后人续，

成大微积须瞻前。

作于湖南省南山县职业学校

2015年10月15日

| 作者父亲与母亲合影 |

| 作者一家与母亲合影 |

数字母亲

夜半忽闻慈母危，

晓时音容留人间；

十七才八始劳作，

七十有六终勤俭；①

怀揣三分济四邻，

胸藏一字育五贤②；

德懋家风千秋后，

珍惜国运万世前。③

作于湖北荆门
2014年12月23日

| 注释 |

①母亲18岁结婚，即开始操劳家务。

②五贤：五个子女即周明星、周明枝、周明月、周明松
和周红平。

③此句藏字"德珍"，母亲名邓德珍。

四十正好——罗文生日志庆

| 题记 |

　　罗文今年正好四十，两人相识成家二十年。她从荆门安团乡到了天津大都市，成为一名高校教师，有房子、有车子、有儿子、有票子、有位子，也算"五子登科"。知足常乐，四十正好。赠诗祝贺。

农家有女渐长成，时值不惑假亦真；

四代同堂曾有时，五子登科正无垠；

家业酸甜坎坷路，人生苦短风雨程；

得来不易费功夫，宜将痴心示众人。

作于农大家中

2017年9月4日

宝贝啊，你今天走
——慈父观儿罗亦周独立行走有感

宝贝啊你独立地走，
说明你在长大，
迈开了人生初探的一步。

宝贝啊你欢快地走，
说明你希望尽快长大，
迈开人生希望的一步。

宝贝啊你自信地走，
说明你能够尽快长大，
迈开了人生坚实的一步。

作于荆门
2007年3月20日

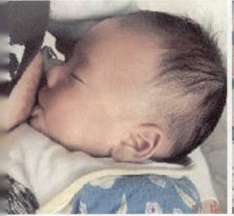

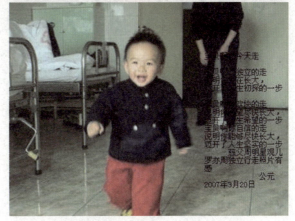

今天走

孩子能独立的走
明你在长大
走生初探的一步

说明你快的走
明你在长大
走生希望的一步

走贝啊你自信的走
说明你能够尽快长大，
迈开了人生坚实的一步

慈父周明星观儿
罗亦周独立行走照片有
感

2007年3月20日　公元

| 作者之子罗亦周学会走路时 |

卡通·涂鸦 ——观亦周白描画

涂呀涂鸦是一种文化，

顽童的乱写乱画；

涂呀涂鸦是一种艺术，

却把幼稚行为优雅。

涂了俊男涂美女，

还有搭上你老爸；

形神兼备显功夫，

你已知生活需要观察。

涂了昨天涂今天，

前后对比不忘夸；

诗文配图真神奇，

你已经在慢慢地长大。

别看年龄未满八，
千万不要小看他；
今日含苞小花，
明日国之强大。

作于十教北407
2014年1月

昨天画原版，今天画新版。
昨天铅笔画，今天打印画。
全是卡通画，不比昨天差。

——罗亦周

昨天一只鸟，今天一只猴。
昨天愤怒的鸟，今天快乐的猴。

——罗亦周

| 罗亦周笔下的研究生梁琳 |

昨天是土匪，今天是教授。
昨天帅，今天丑。
昨天不威风，今天很威风。

——罗亦周

| 罗亦周笔下的王玉龙 |

克鼎，爷爷对你说

| 题记 |

　　我们周家，我父亲那辈是独子，我爷爷在我父亲三岁时就早逝。到了我们这辈，弟兄姊妹五个。我们下一辈，周姓男性就周克鼎的父亲一人。看到孙子不断成长很高兴，特写一首叙事诗，以记录和激励。

孙子周克鼎，

吾家新男丁；

小学已发蒙，

喜成一代人。

文士希同振，

光明志克乘；

| 作者与孙子周克鼎 |

忠厚传佳远，
善继永隆兴。①

克辈生北京，
老家却荆门；
汉江流沙洋，
祖籍马良镇。

父母皆平民，
爷辈无背景；
乡村进首都，
倚靠独打拼。

不忘前辈情，
更记养育恩；
志存亦高远，
少小孕睿敏。

作于湖南农业大学
2016年9月

| 注释 |

①吾家辈分，从文
辈到兴辈共20辈为一个
轮回。

百
年
乃
吟

卷三

师生吟

| 专家高宝立、董泽芳、孙绵涛、张应强、马庆发、赵伟、谭旭、谭明、省规划办副主任李小球和本校副校长陈岳堂教授等出席作者主持的国家社科课题开题会 |

| 作者与赵承志老师（前排右二）及初中同学合影 |

回忆赵承志老师

| 题记 |

    在我的学习生涯遇到的老师中，有一个值得我特别感谢的老师——赵承志老师。他是我的初中语文教师，长得清瘦，会写诗和小说，教学得法，培养了无数优秀学生。我今天能有一点写作基础，完全得益于赵老师的引导与培养。

虽然，我们并不常在一起，

但是，我常常想到你；

虽然，你只教了我两年，

但是，你却给我留下一生的回忆。

每到周末，你总给我惊喜，

要么，登上好汉山坡数着石级；

要么，在你书房里谈着杜甫与李白，

要么，坐在汉江边投着点点涟漪。

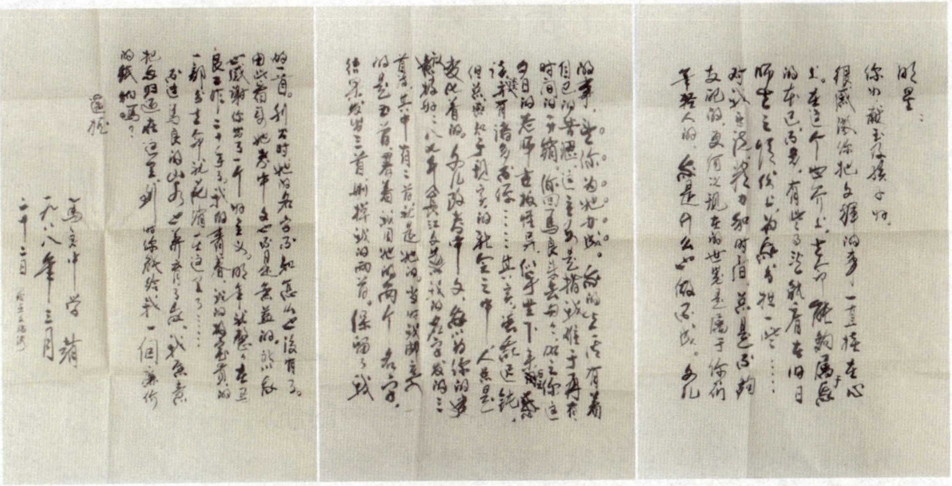

与赵承志老师的书信往来

一次，我写了一首已忘掉的小诗，
你却朗诵得情满教室；
一次，暑假家访到我家，
你却和我躺在地铺相依为席。

五十年时光已逝，
但我常常眼角潮湿；
五十年的学生哟，
发自内心：你最为老师！

作于湖南农业大学家中
2017年8月18日

| 附 |

【 病 树 】

赵承志

要走
仍旧是步行到达过的地方
多希望你扬起生命的航帆
载去我的希望
那曾是你栖息过的病树
它病了
但仍然献给你们生命的绿叶
甘心留下枯黄

挣扎的根已经老朽
虽然拼命地吸取
却永远不及付出
它病了
只留下枯黄

如果煎熬里默默死去
请你们最好不要哭泣
只要回忆
回忆苦难的病树
回忆你们自己
摘撷尽最后几片绿叶吧
那是它最终的心意

此诗是赵老师当年抄给作者的自己写给自己的诗。
2002年2月14日

师 颂

——为董泽芳教授七十而作

七月诞辰①七秩圆，董寿延年董童颜。

寒门学子将军②骨，名校教父③京师贤。

有教有类术分流④，一琴一鹤⑤政清廉。

下自成蹊泽天下，桃李不言芳人间 。

作于湖南农业大学
2014年7月7日

| 董老师70大寿时与弟子的合影 |

| 董泽芳老师为作者授予学位 |　| 作者在董老师70大寿时赠送的诗匾 |

| 注释 |

①诞辰：就是出生的时日，是生日的敬称。

②"将军"指董老师家乡湖北红安县，素称"将军县"。董老师虽出身寒门，但具有不畏艰辛、奋力拼搏、坚韧豁达的将军精神。

③教父，这里指对某行某业产生巨大的指导性影响的人，其所采用的标准，会成为这个行业通用的标准；他所发表的言论，也会成为这个行业的行业规范。作为董门弟子，董师即教父。"京师贤"指董老师毕业于北京师范大学而成为其中贤达。

④董老师"教育分流"的学术思想，是孔子的"有教无类"教育思想的继承与发展。

⑤"一琴一鹤"典故。其中"琴"、"鹤"指旧时文人认为的高雅之物。原指宋朝赵忭去四川做官随身只携带了一架古琴、一只白鹤，比喻为官清廉。借喻董老师担任华中师范大学中层领导和荆州师范学院党委书记兼校长期间的廉政口碑。

| 附 |

【师颂】

——贺师爷古稀，晓霞和一首

刘晓霞

七月炎炎七秩圆，延年益寿在今天。
寒门学子将军节，教授名黉艺德全。
有教分流精学术，明泉濯足政清廉。
声名早就闻寰宇，桃李芬芳济世间。

| 注释 |

董泽芳教授现为华中师范大学博士生导师，《教育研究与实验》主编，曾任荆州师范学院院长、党委书记。

| 作者与董老师 |

桃李不言 下自成蹊

——在董泽芳教授七十诞辰庆典上的发言

各位领导、尊敬的董老师、朱老师、各位师门：

今天是董老师七十诞辰庆典，回顾与董老师的师生交往感慨良多。我是1992年华中师范大学招收的首届在职硕士研究生，始为听董老师课的登门弟子，1996年2月拜董老师为师而成为入室弟子。当时，我拟选题"农村教育综合改革研究"，经分管研究生的副院长杨晓薇老师介绍我与董老师结缘。二十余年，我与董老师交往亦师亦友，日久弥新。董老师不仅是我学术之师，还是我教学之师，更是我道德之师。

董老师是我学术之师。我们在学习课程阶段并未选师，撰写论文才找导师。记得刚写硕士论文时一无所知，也不懂选题，只是凭着对农村的热爱才想研究农村教育。董老师有农村教育研究的深厚功底，帮我列了提纲，我写出初稿，在他60平方米斗室，师生两人穿着短裤，赤膊上阵，一身汗水，一杯凉茶，一行文字，一个夏天。开始，我不懂论文导入，董老师帮我写了一段话："要深化农村教育综合改革，必须先弄清相关的几个概念，找准其理论基础，进而把握其基本内涵。"一下导出"概念、基础、内涵"三个层次，给我留下了深刻印象。论文答辩后我整理并补充形成了《农村教育综合改革概论》，董老师鼓励我出版，帮我写了序，由华中师范大学出版社出版。这是我出版的第一部学术专著，也是我从事学术研究的起点，董老师指引我开始了学术研究。到今天，我已出版学术著作6部，主编12部，获得国家社科基金项目和7项省部级政府奖的学术成果，我不忘董老师的指导。

董老师是我教学之师。1999年，我调入天津职业技术师范大学，从事本科教学和职业教育学学科建设工作。之前，我多数时间从事教育行政工作，搞大学本科教学没经验，很惶恐。记得暑假备课，备不下去了，我甚至想趁夜逃回老家。纠结之时，我从天津打电话请教董老师，提了很多问题，比如怎么组织教材、怎么组织课堂、怎么讲解内容、怎么互动。他结合自己的经验一一给予我细致的指点和热情的鼓励。他说：教无定法，教要得法，只要教得"准、新、活"就是好法。按董老师的三字原则，我先后主讲"教育学原理"、"教育研究方法"等八门本科和研究生课程。湖北人"h""f"不分，学生听不懂，我又打电话请教，他教我"吐字要清，慢慢讲"。这些细节董老师可能早已忘记，而我却铭刻在心，伴随着我的专业成长。后来，没想到我先后主持两门国家精品课，成为"天津市教学名师"，这无疑得益于董老师的指导。

董老师是我道德之师。众所周知，董老师和师母朱老师做人重德讲孝，他们认为做人的基础是"德"，德的基础是"孝"。老师作为博导、厅级领导，坚持不请保姆，几十年如一日，和师母一起亲自侍候95岁的老母亲，成为一代道德楷模。身教胜于言教，董老师这种重孝感恩的情怀，对我影响也非常大。我一直以师为范，除了孝敬父母外，我更尊师。在和董老师交往的近二十年间，几乎每年春节我都去看望老师和师母，平时出差到武汉和荆州我也会抽时间去看望他。以后，无论是他工作变动和我工作变动，都从未影响师生之间的交流。我与董老师的交往可谓"君子之交"，从未因自己的私事请他帮忙。他先后任《华中师范大学学报》和《教学研究与实验》主编，我找过他两次：一次投稿他认为不合格未予发表，一次投稿改过数次达到发表水平才发。董老师这种"重孝严术"的品格永远值得我学习。

我们的交往称得上"亦师亦友"，他不仅是我学术导师、教学导师，更是道德导师。最后，千言万语，汇成一首诗献上。

2014年7月7日

贺张应强教授获长江学者奖 ^①

| 题记 |

　　张应强老师是我的博士生导师，华中科技大学教育科学学院院长，学校文科学术大师，2015年获教育部长江学者奖。获得消息，我即刻电话祝贺，同时，作一首藏字诗。

师贯长江名学者，
忽闻喜报点将张^②**；**
知行学做相呼应，
名至实归竞力强。

作于湖南农业大学
2015年7月

| 注释 |

　　① 长江学者奖：为落实科教兴国战略，延揽海内外中青年学界精英，培养造就高水平学科带头人，带动国家重点建设学科赶超或保持国际先进水平，在国务委员、时任教育部部长陈至立同志的亲自主持下，1998年8月，教育部和李嘉诚基金会共同启动实施了"长江学者奖励计划"。

　　② 点将张：指张应强教授，时任华中科技大学教育科学学院院长。

| 张应强教授、作者、高涵、李嘉丽四代同堂

张老师不仅是个学者，同时也是诗人，特敬录一首：

【无题】

在办公室看到外面下雪了，临近放寒假，想回老家。有感而发。

张应强

梧桐摇曳琼花飞，
倚窗黄叶白雪催；
绿萝贵竹窃窃语，
离乡游子可知回？

2016年1月

| 作者与张应强老师 |

| 作者与孙绵涛老师 |

无 题^①

——拜读孙绵涛先生《古林斋吟稿》

伏枥老骥仍四方，^②
独立武林情作狂。
一唱西雨^③观涛翠，
斯人古林^④吟孙康。

作于湖南农业大学
2017年7月12日

| 注释 |

① 孙绵涛教授，博士生导师，是作者非常敬重的老师之一，作者在华中师范大学攻读硕士期间听过他激情飞扬的授课，在后来的学术道路上，一直得到他的指点，算得上是孙老师的登堂弟子。当收到老师赠送的《古林斋吟稿》诗集时，当即写了此诗。孙老师现任沈阳师范大学教育经济与管理研究所所长，曾任华中师范大学教育学院院长。

② 孙绵涛教授即将古稀之年，仍雄心壮志，为教育事业的发展日夜奔波。

③ 西雨为康翠萍教授笔名。

④ 古林为孙绵涛教授笔名。

| 附 |

【 诗意人生 】

——试答《古林斋吟稿》赠书友人所赋之诗文

孙绵涛

余之诗集《古林斋吟稿》由辽宁人民出版社正式出版发行，并向友人赠书后，收到诸多珍贵感悟之诗文。余吟之感动不已，遂成小诗一首以致谢忱。

半世沧桑，
习武术，
别乡愁；
研学问，
寻高楼；
写诗文，
琢运筹，

南国北疆放歌喉，
诗意人生多彩路。
诗意人生路啊，
走过冬与夏，
品过春与秋。
古林悟道，
杏坛解忧。
昆仑登顶，
东海泛舟。
极目一遍葱绿，
万物知自由，
何来世间苦与愁？
诗意人生逍遥游。
诗意人生啊，
韵昭昭，
情稠稠。
诗韵映今古，
情义赛李杜。
韵辉日月，
情漫江流，
诗意人生天地悠！

在北大的日子里

在北大的学习室里，
学子们那专注的神情；
教授们那飞扬的讲叙，
汇聚了百舸争流的生机。

在北大的图书馆里，
为中华崛起而学习；
这里是书的海洋，
搭建了人类进步的阶梯。

在北大学术厅里，
大师精彩的演绎，
与君一席短短的交流，
丰富了阅读万卷的书籍。

在北大的红楼里，
聆听了毛泽东的故事，
见识了李大钊的信仰，
感受了五四运动历史。

在北大未名湖里，
湖面拂起嬉笑的涟漪，

| 作者在北大学习期间的学院
特制的专用笔记本 |

冰场展示速滑的风采，
重踏了前辈大师的足迹。

在北大的校园里，
处处都在探索未知的奥秘，
履行着人才培养责任，
感受着社会担当的哲理。

作于天津家中
2016年8月20日

| 作者在北京大学教育学院 |

| 附 | 在北京大学访学的日子里

　　2002年9月至2003年7月，我在北京大学访学一年。导师是教育学院喻岳青教授。一次在武汉开会，我有幸结识了喻老师，他与全国著名高等教育学家汪永铨教授是一个团队。喻老师，学问高深，具有扎实的工科根基，为人谦和。在一起讨论问题时，他总是尊重我们的意见。当时北京大学教育学院大师云集，闵维方教授、陈学飞教授、汪永铨教授、喻岳青教授、陈向明教授、陈洪捷教授、文东茅教授、丁小浩教授等都给我们讲过课。陈向明教授的"质性研究"最具魅力，每次上课既有本院研究生、教授，还有校外老师来听，济济一堂。在这一年学习中，我不仅感受到了大师的风采，也感受到了北京大学民主的文化氛围。一次，学校办公室通知教育学院维修办公室、暖气管，教授们需回家办公一段时间。正值期末，又未事先与教授们沟通，七八个教授一起到校长办公室问："这事为什么没与我们协商？"维修之事受阻，北京大学民主之风可见一斑。还有三角洲的自由言论区、丰富的社团活动、高层的学术讲座……

　　北京大学的人文环境也十分独特。"一塔湖图"（一塌糊涂的谐音），即是写照。"一塔"即北大的"文峰塔"；湖即未名湖，湖边的每一块石都坐过大师；图即图书馆，李大钊做过馆长，毛泽东做过馆员，中国最具盛名的图书馆。正好是北京大学访学十五周年，特赋诗一首。

做中学——魔鬼训练法

　　始教研究生我就秉承杜威先生的"做中学"教育理念，坚持实践导向，构建"做中学"研究生教育实践体系。即三维循环、四术塑型、五独俱全、立体发展。十多年来，颇有收获，一批优秀研究生脱颖而出，深深烙下这一印记，此法被外界称为"魔鬼训练法"。

秉承杜公理念，
做中学研实践；
自成一体风格，
训练魔鬼灵验。

三维循环生产，
四术形塑成贤；
五独俱全递进，
立体发展堪前。

作于湖南农业大学
2012年9月

"金融危机下中职学生就业校本援助策略研究"开题研讨会

王呈瑄　周明星　杜吉泽

| 作者与研究生、本科生的教学活动与日常剪影 |

"在研究生培养过程中，通过'做中教、游中学、解中做'三种形式的结合，培养具有独立意识、独立眼界，独出心裁、独善其身，最终能够独当一面、综合发展的硕士研究生。"——基于导师工作的"教学做"三位一体，五"独"俱全的研究生培养模式。

【 "游"的三方面 】

游万里，学万卷；
游自然，学自己；
游人间，学人文。

【 "做"的三要素 】

做人传道——求美；
做事求术——求善；
做文传理——求真。

【 "解"的四环节 】

理解——准确系统；
见解——新颖独到；
求解——质疑释惑；
讲解——流畅生动。

再回首·师生情愫赋

告别明星屋时2010年10月作于天津；再回首，2013年7月周门10年庆作于长沙。

【告别明星屋】

【一】

告别明星屋，师徒轻轻吟；
不堪再回首，依依惜别情。

【二】

斗室做中学，三双①开新型；
享誉同仁界，吾门庆双赢。

【三】

人间沧桑道，陷入是非门，
来日路方长，还当引路人。

【四】

抬头送弟子，低头思前程；
绝地非绝唱，七彩②云天行。

【周门十年庆】

【一】

周门十年庆，笑把弟子迎；
回首已无堪，当年诺已成。

【二】

教育管理学，学术且未停；
新课③又精品，仍是带头人。

【三】

职教基本纲④，师生共铺陈；
喜获政府奖，学界同首肯。

【四】

教育生态学，国内创首仓；
博士已开门，更上楼一层。

| 注释 |

① 三双：双导师、双基地、双证书。

② 七彩：指彩云之南，恰逢刘宏磊、刘营、刘淑芳、汪欢赴云南玉溪调研，代师出征，亦为他们送行。

③ 新课：《职业教育管理学》教师教育国家级奖源共享精品课；又，指之前主持的国家精品课"职业教育学"。

④ 职教基本纲：指《职业教育基本理论纲要》一书。又及：诗言志，志寓情。此志此情，糊涂人明白，明白人糊涂。

| 作者研究生从教十周年庆典 |

｜附｜ 周门十周年《永远的记忆》一文

【 师生情愫赋 】

廖绍袍等学生执笔

世说人师个个有，亦说日师如父亲。周郎明星，湖北荆门人，华中科技大学教育学博士，硕士生及博士生导师，授徒十届，其门下弟子共三十七人，英才荟萃，济济一堂，个个见长，有成者亦为数不少。周导师一生阅历丰富，学术丰硕，名声远扬，对其弟子奉行"做中学"之教育理念，坚守"知行合一"之教学原则，独创中有特色，特色中见特长，令吾辈弟子受益匪浅。

周导师从教二十多年，先后任教过小学、初中、高中、中专、大学，学识渊博，德才兼具，心胸阔达，视弟子如其子，传知识于谆谆教诲，予关爱于生活琐事。教书之余，便是著书，著作等身，秉持敢闯敢冒敢试敢为天下先之精神，张扬自立、自强、自信、自树凌云志之豪情，出版专著六部，主编著作十二部，是吾弟子学习之楷模。值得学习之处，而概其要者，约略有二：

一曰在求真。追求真理，探究真知，崇尚真情，学做真人。重规矩方圆，求特色发展。理念瞻前，得风气之先。执教时求真，则业精中外，学淹古今，殚精教化，授业谆谆。科研时求真，质疑辩难，学术严谨，学问精湛。

二曰在求善。众多学子，平等之心。包容之怀，博爱之情。学子不分南北西东，不辨国别性别，有教无类，同享同荣。因材施教，雕琢生命千姿百态；春风化雨，润泽芳菲万紫千红。

忆想往昔，无数辉煌，斗室做中学，三双研新型，享誉同仁界；忆想旧年，岁月沧桑，几载风霜，几度风雨，师生同舟共济，共克难关。告别明星屋，师徒轻轻吟；不堪再回首，依依惜别情。津门一别，辗转湘潭，宵衣旰食，绝地非绝唱，七彩云天行，再创大伟业。

长沙之地，钟灵毓秀，聚日月山川之奇气；得天独厚，集东西南北之物华。师生共聚于此，久别重逢，最是情深。于此佳日，敬奉薄礼，唯望吾师之情若彼焉，永世恒存。

| 附 |

【忆情】

弟子 淑芳感念师恩作于穗

遥忆津沽始逢君，过关斩将终入门；
春风化雨尽中堂，秋水染霜倾其盆；
细语达旦千杯干，欢歌通宵一家亲；
不言几多快意事，但求来生续此情。

2017年9月29日

| 周门十年庆，各地弟子赶来参加庆典 |

| 该欢乐的图源于研究生廖绍袍自我介绍时激动地把
"我是周老师的学生"说成了"周老师是我的学生"，
这一口误，逗乐了大伙。 |

心中有数

——献给我亲爱的学生

　　时值我国第三十一个教师节，懵懂之中，一早收到来自八方学生的贺信。触景生情，感慨万分，赋诗一首。

时逢佳节八方贺，
七彩当年学愁多。
一杯小烧真大唐，①
二句大话假小错。②
三磊精神戏论语，③
四术文化唱允诺。④
五独门第彰霸气，⑤
六顺家世显阔绰。⑥
十里后浪逐前浪，⑦
天下玫瑰献九朵。⑧

作于农大十教北419
2015年9月10日

| 注释 |

① 一杯小烧：当年在天津定的毕业规矩 —— 每个学生都要能喝酒，四两毕业。为了练习酒量，也为了豪情，我们每周一小饮，半月一大饮。一次，王良为显摆酒量，在苗得华校长的鼓捣下，一口一杯，两晃醉倒。王良喝酒傻，做事也傻。一次，我要他定做一个研究生指导室的牌子。他跑到外面鼓捣来卷尺、三角板、画图纸，又搬来凳子，先到门口去量，记下数据，又到屋里按一定比例尺画图。举手之劳的事，在他手里成了工程设计。林增兴有福建人做小生意的聪明，每次喝酒都要滑头，只要蔡林一较真，醉！"真大唐"：大师兄唐林伟，亦师亦友情真意切，人品学品堪称表率。他在主持学术办公室时，亲笔写下"学术殿堂"四个毛笔字，可惜搬家时丢失，他后来的学术成就诠释了这四个字的含义。大唐是真的，还有假么？传说中的大师姐，几人识？我曾经说她"虽站门外，却在室内"。

② 指刘晓在我家喝酒后吹牛，说他在南开大学办培训班，鄙视那些没就业经验的大学生，没说完两句大话就下楼抱着树向女朋友梁艳"假"认小错。当时我也喝多，好像是如此，如不是请谅解。被称为我国职业教育学界"80后"最有影响的青年学者的他，毕业时我赠过两句话："前面有许多玫瑰，你不要轻易采摘。"呜呼，哀哉！

③ 指宏磊精神：坐得住、靠得牢、信得过。暑假我们都出差了，他一个人和平时一样，八点到办公室打扫卫生，开始办公，下午五点下班。其他老师都说，这种精神少见。"戏论语"指安娜、婉婉、沈娟、金胜等用中西方文化同时诠释《论语》，别具一格。

④ 四术：指四术型研究生，即"净化心术、强化学术、优化技术、美化艺术"。允诺：不论何时，不论何地，亦师亦友，千古流传。马俊是第一个开网站的，同门的办公室用品都是她采购的，有技术。这"胖姑娘"一曲《香水有毒》，让我们至今不醒。

⑤ 五独：关键时候有关键想法的"妇女队长"刘淑芳、"月亮"刘莹和"小女人"汪欢等2009年杭州会议发言，正式对外彰显周门研究生品质：独立意识、独特眼界、独出心裁、独善其身、独当一面。特别是淑芳，为了学校升格大学准备材料，主动放弃英语六级考试；离答辩还有一个月，她要求换论文题……"彰霸气"：带周婉婉、沈娟、金胜时，安排婉婉在广州实习，她喝酒做事尽显山东人豪情。有天，我问金胜："婉婉在广州会不会被骗？"金答："老师放心，她不骗别人就不错了。"两人大笑。这说明我的学生具有"五独"精神。让我不能忘怀的还有胡娜，她的毕业论文有板有眼，参编的《职业教育管理学》的"职业教育课程领导"一章，刘晓都感叹：胡娜文笔好！在凤凰的那天夜晚，几个师弟灌她老公，她急得

哭了。金胜不离不弃陪我度过到湖南农业大学的适应期，后来汪欢也来了，我们师徒三人在古井边、荷花旁，写下"荷塘遐思"：六月淫雨浸芙蓉，半池荷叶却郁葱；垂柳清涟所以绿，湖光摩挲待我功。"刘营，美丽、大方、乐观，我们在杭州开会，刘营请客，我、唐林伟、刘晓、淑芳、汪欢、宏磊，五十瓶"劲酒"，大家开怀畅饮，之后又去唱歌，一曲《九月九的酒》，醉了、醉了，我左手牵汪欢，右手牵淑芳，在街上、在马路中间，唱啊、走啊——陶醉。为什么呢？全国学术会上，我们共同出现在主席台，我主持；我不高兴吗，我的学生哪个没出息？第二天，六点不到，淑芳和汪欢就等在我门口送行。

⑥ 六顺：谓君义、臣行、父慈、子孝、兄爱、弟敬。在周门，特别是尊老爱幼、尊师爱生、兄（姐）爱弟（妹）敬蔚然成风，形成"六顺"之态。如廖绍袍、马俊、刘晓等把为他们兄妹付出辛劳的父母亲接到身边安度晚年；安娜背一个孩子、抱一个孩子，到非洲游学，完成毕业论文，而且评为优秀论文；特别是马美，父母年老体弱，父亲中风常年卧床不起，作为独生女的她既要教书又要侍人，付出难以想象的艰辛。窦晨晨，一个时刻都懂得报恩的好学生。去年，她抽空来长沙看我，还像当年一样，帮我做了两天事。她走后，我发现抽屉里有个信封，里面装有600元钱，信封上有一行字："老师，还您600元，感谢您。"她还记得当年毕业在广州找工作，我给她的600元零花钱。蔡林呢，每年春节都给我扛一捆章州的大葱，那个才叫好吃，甜、脆；还记得我们俩在山西太原呆在一个房间一个月吗？我们共同写出《中国职业教育学科发展回眸：1978—2008》，发表后被人大复印全文转载。家世：泛指周门是个大家庭，因为学风好，我们科研经费、对外影响都与日俱增，所以显得"阔绰"。

⑦ 十：指刚好带满十届研究生，且刘晓还带了研究生，故称"十里后浪"。"前浪"喻指本人。

⑧ 天下玫瑰，如果有十，我摘其九，献给亲爱的学生。还有一朵呢？任由你们去观赏、去培育、去收获、去绽放！

弟子规·和绍袍韵

　　绍袍是我的硕士研究生，福建人，家境贫寒，父亲早逝，靠母亲打工维持兄弟姊妹上学读书。读书期间，偶予路费、生活费支持。可喜的是，他们家后辈争光，均读了大学并自食其力。这种艰难的环境，锤炼了其患难见真情的境界。他的诗，给了我些许安慰并感受到弟子真切的温暖。

人生六十荆棘阻，
拨云见日春长驻；
欲穷千里眺山川，
却上层楼霞满天；
朝来夕去物不同，
花开花落蕊亦红；
苦短情长一挥间，
知足常乐弟子伴。

2012年12月稿

| 附 |

【 赠老师 】

廖绍袍

人生几多风雨阻，夜空明月乌云驻。
欲渡黄河冰塞川，将登太行雪满天。
春去冬来物样同，冬去春来花更红。
冰破雪融弹指间，周门子弟常相伴。

您永远的弟子！2010年12月

偶 得

——赠钟慧莉、文苗、梁琳

　　2016年毕业研究生钟慧莉、文苗、梁琳一片苦心，专门定做了一枚石尊作为谢师礼物，并赠诗一首，从长沙寄到天津我家，其心可见，其情可陈。

一枚玉女三朵仙[①]，
海枯方知石头坚；
滋润长沙耀天津，
为师有道尊亦先[②]。

| 注释 |

①三朵仙：指钟慧莉、文苗、梁琳。
②尊亦先：他们三人都已为师，深知重教须先尊师并践行。

| 附 |

【赠石头题记】 ——毕业谢师
钟慧莉、文苗、梁琳

明如皓月照前程，星曜银河灿苍穹。
慧智文高梁柱任，莉清苗秀琳记恩。

2017年3月

诉衷情·几回相见见不休

　　安娜，女，英国人，原是天津职业技术师范大学外教，后成为我的留学生，高等教育学专业，2010年毕业。我以为再也见不到她了，时时在心里想念。2012年她带着两个孩子不远万里来湖南农业大学看望我，这时她已是澳大利亚国立工业大学社会学博士生。住我家几日，其乐融融。几年不见，甚是欣喜。填词一首，以作留念。

几回相见见不休，
背着泪双流；
又听崽儿呜吟，
师与徒，
一团愁。

云似絮，
浪如沟，
忆凭楼。
异国风情，
师道礼数，
藏在心头。

作于湖南农业大学
2013年5月

可爱的安娜同学：

由于工作的繁忙和自己的思维活跃，因而我成了一个"跃忙人"。因而，与研究生的交流除了课堂外，主要是日常行为中一语一式，我的育人理念是"做中学"。忝为你的导师，我觉得实在对不起你，在学术上交流甚少。但是，当一个人在办公室静下来的时候，我却常常用心去阅读你，品味你。

我先后两次阅读你学习课程后的作业，包括《学海无涯》、《原始社会教育之路》和《学以致用》，以及你后给我的《关于学校对待外教和其他外国朋友的方式上的几点建议》，渐渐地被你的中国文化功底和传神的文字所吸引。你从十九岁到现在，像一只不断迁移的鸟一样，独自一人零资本走访了世界各地不下25个国家，舒展了一个英国人的"行千里路，读万卷书"的中国人的豪情与胸怀。

你的《原始社会教育之路》充分展示了你的思维之缜密。你的眼神由中国新年的月光游离而进入中国原始社会之路，在这漫长的"路"中你读了孔子，读了中国的"成年礼"，读了中国的"巫"，而创造性感悟"教育则生活，生活则文化"，妙不可言，思想灵活。

在你的《学海无涯》文中，由新年的祝福语迁移发散到中国的文化智慧，而你在中国的游学经历，从学习古汉语到你的第一节大学语文课、你的科学社会主义，到你爬上A楼俯瞰天津工程师范学院的独特的个性，则充分显露了你作为地球文化"学者"的地理视角和文化底蕴。

你在《学以致用》一文中更是展示了你的语言和文学才华。你对中国文化的理解，你对在北京天安门遇到的"屁股露天"的小孩开裆裤的好奇及描述，你对中国语言中的诸如"走狗"、"龙"、"三瓜俩枣"以及《出师表》是在什么情况下写的，为何祥林嫂最后是"白虎星"，为什么孔子特别讲究"礼"和"仁"等，充满兴趣。特别是临摹的东北方言"哎呀我的妈呀"更是地道纯正，绘声绘色。

总之，透过你的文字以及日常交往中的话语和眼神，你无不在告诉我，你是一个有教养的人，你是一个有文化的人。

对于你的作业我非常满意。如果能进一步规范格式，比如文后的引文注录格式以及能纠正个别的错别字，同时融入中国高等教育元素将更加完美。

在以后的日子里，特别是作毕业论文阶段，我会倾力支持你。希望在这段美好的师生交往中，心领神会，教学相长。

期待早日阅读你的新作。

周明星

作于天津职业技术师范大学A楼519房

2009年6月9日

| 作者与重庆师范大学南海教授（左1） |

暑假一瞥：2015

假至暑不休，
转眼九月头；
师徒聚陋室，
鏖战堪回首。

纵论国社题，
橘洲再舞袖；
谏言职教策，
挥斥正方遒。①

来往皆宾客，
域外承研修；

百年吟咏

勇攀卓越峰，
福州竞广州。②

博硕两士忙，
闲坐说锦绣；
家有崽儿哭，
校无文思忧。③

忽闻唤召声，
携手四方游；
南北众名校，
问计抵中流。④

才登五指山，
又临巴山沟⑤；
千里论学术，
余音绕云留。

把酒酌湘江，
何必道无有⑥；
人生如流水，
不息乃春秋。

作于湖南农业大学十教北419
2015年8月27日

| 注释 |

① 召开本人主持的国家社科基金"中国现代职业教育理论体系：概念、范畴与逻辑"中期推动会，邀请国内专家三十余人谏言献策。

② 暑假先后承办了广州、福州等地职业学校卓越教师综合素质研讨班，促进了学校的对外合作。

③ 暑假期间有的研究生在家生崽，有的在校写论文，有的外出做课题，相得益彰，学趣别样。

④ 暑假期间同教育学院领导、专家先后到天津、佳木斯、南京、四川、云南、重庆、广州指导国家示范校10所，献计献策，受到好评。

⑤ 指先后到海南五指山民族技工学校和重庆开县等地进行学术交流，巴山沟属开县。

⑥ 人生不能计较得失，付出才能书写壮美春秋。

老师的步伐

——写在谭怀芝、颜梓、王继平和江敏
毕业之际

老师的步伐，
是学生的方向；
一足一印，
会给你带来专业的梦想！

老师的步伐，
是后辈的效仿；
一招一式，
会给你带来学业的榜样！

老师的步伐，
是门徒的力量；
一坎一坷，
会给你带来职业的坚强！

老师的步伐，
是朋友的衷肠；
一举一动，
会给你带来事业的信仰！

草于湖南农业大学泉水塘小区

2017年6月26日上午九时

敬畏博士^①

——赠高涵、聂清德、温晓琼三位博士

　　湖南农业大学开全国先河，创建了国内唯一的教育生态学博士点，已先后招收4届共12名博士，其中已毕业2名。我忝为博导先后指导高涵、聂清德、温晓琼三位博士。高涵已作为首批教育生态学博士毕业，载入史册。

自古书中蕴价值，
何况位尊至博士；
衣带渐宽始作功，
神形兼备终求是；
智以天人厚学养，
点则物我富器识；
不可沾名方鸿渐^②，
宜将学勇风云际。

作于湖南农业大学十教北419

2017年8月20日

| 注释 |

① 博士：博士是标志一个人具备出原创成果的能力或学力的学位，是目前最高级别的学位。拥有博士学位或博士学位同等学力，意味着一个人有能力由学习阶段进入学术阶段。具备出原创成果的能力或学力是博士学位的核心内涵，也是拥有博士学位的人的最本质特征。

② 方鸿渐：小说《围城》中的典型人物。方鸿渐形容博士文凭"仿佛有夏娃，亚当下身那片树叶的作用"，却又在崇洋风气的左右下，不得不买张假文凭向家里交代。

| 附 |

【 贺生日 】①

高涵 聂清德等

酌酒吟诗胜李白，
行文治学赛巴金。
教书育人比孔丘，
拓市聚才是明星。

2016年11月

| 注释 |

①《贺生日》为周明星教授的部分博士、硕士研究生（高涵、聂清德、钟慧莉、梁琳、文苗、颜梓、王继平、谭怀芝、李欢、荆婷）为贺其师生日所作。

【 职教赞歌 】
——周明星老师花甲赋诗一首

聂清德

职教杏坛四十载①，
风雨兼程志不改。
理论体系终补白，
诗意才情耀四海。

作于湖南农业大学第十教学楼北419
2017年8月19日

| 注释 |

①"四十载"是指周老师从事职业教育工作四十年。"理论体系"是指周老师主持的国家社科基金课题"中国现代职业教育理论体系：概念、范畴与逻辑"。其课题的完成对于现代职业教育理论体系具有填补空白的作用，理论价值重大。"诗意才情"是指周老师所出版的诗集《百年行吟》。从周老师所作诗歌可以看出，景在物中，情在景中，意在情中，真正达到了诗情画意之境界，格调高雅，旨趣盎然，跃然纸上。

【 师生情 】

温晓琼

学者造诣深，博学阅历广。
勤躬不知倦，作为师榜样。
心智如泉涌，知识胜宝藏。^①
千里始足下，知遇恩情长。
三年相依随，扬帆乘风浪。^②
周门齐英武，把盏福满仓。^③

| 注释 |

① 周老师学识渊博，阅历丰富，学术造诣深厚，从教四十年，在工作和科研上勤劳刻苦，不知疲倦，为我们树立了好的榜样。从老师那获得的专业知识、实践能力、奋斗精神远远胜过世间的金银财宝，获得的智慧如源源不断的泉水一样永不干枯、价值连城。

② 从三年前（2014年8月）参加课题会议，到访问学者，再到老师的第三位博士研究生，在老师众多学生中，我是历时最长的一名入门弟子。回想这三年的学习与考博经历，如果不是老师一直的支持鼓励和关键时刻的帮助，可能我终究将与博士无缘，对老师知遇之恩的感激之情是难以用言语表达的。感谢老师所给予我的一切，在今后的学习和生活中，我都将不忘师恩，乘风破浪，继续努力。

③ 周老师桃李满天下，在老师的带领下，英才辈出，彼此间亦师亦友，闲暇之余，喜欢对酒当歌、饮酒作诗，此情此景让人感到幸福满满。

蝶恋花·孤独的技艺

——写在《孤独的技艺——绝技绝活之学校传承生态》出版之际①

巧夺天工曾记否？

刻龙雕凤，自有匠人秀。

怎奈明月多引诱，

绝技绝活谁相守。

孤独手艺难住留，

后继有承，岂怕江湖走。

一担桃李诗佐酒，

梦中好种那厢柳。

作于湖南农业大学第十教学楼北419

2016年10月

读《恩师花甲咏怀》

　　怀芝是2014级研究生，家境贫寒，父母病弱。为了减轻家庭负担，他放弃上重点高中，读职高后对口升学上大学。保研后在侧三年，德才兼备，情智俱佳，五"独"俱全，独当一面，被师门喻为"老板"，被老师视为"爱徒"，被父母看为"孝子"。母亲常年卧病不起，他坚持一边筹款，一边尽孝在旁，充分体现了中华民族的"孝道"。谁说家贫无孝子？

恰逢花甲又四载，不言桃李咏诗章；
苦练当家独一面，勤学作主无二方；
感恩时记严师屋，知孝常卧慈母旁；
劳其心志会有时，大任于斯天自降。

2017年9月22日
于湖南农业大学泉水塘小区

| 附 |

【 恩师花甲咏怀 】

逸园有径桃李荫，劝学数载仍初心；
寒门出生险路知，农家立志坎途行；
常忆恩师多帮扶，牢记慈父屡叮咛；
怀袖寿土培韬树，芝草有根叶长青。

2014级研究生 谭怀芝 2017年9月19日

回赠林伟

与首批弟子唐林伟、董桂林毕业合影

　　林伟"写在周老师《百年行吟》出版之时",生动活泼,情真意切,朴实无华。勾起往事,那入门复试的英俊青年,那险遇车祸的动情场面,那患难时刻的不离不弃……超越了一般师生关系。特回诗一首。

十祀四方两不悬,春风开门借一缘;
死别患难老夫呒,生留莫逆幼犊舔;
伯乐识马岂圈地,农丁知牛乃耕田;
纵有青山盟誓在,任凭书香溢海天。

2017年9月20日于湖南农业大学泉水塘小区

| 附 |

【 写在周老师《百年行吟》出版之时 】

学术殿堂甫入门,三戒六律规范行;
作文论著逐句敲,精雕细琢披星辰;
学业情感巨至细,把酒言欢一家亲;
最忆津门高粱醉,犹记何庄赣湘韵;
生死莫逆命中事,笑看风云勾鬼魂;
且行且吟六十载,桃李满天著等身;
戒烟岂是困难事,对酒当歌荆楚人。

2004级天津职业技术师范大学开门弟子:唐林伟
2017年9月10日

巾帼双魁①

——贺荆婷②

心无旁骛探学问，
文征武演夺双魁；
求知筑梦不可负，
巾帼何必让须眉。

作于湖南农业大学泉水塘
2017年9月3日

① 双魁：指湖南省大学生2016—2017学年度"心无旁骛 求知问学"主题教育活动征文比赛和演讲比赛，荆婷精心准备，勇于拼搏，一举夺得两项第一，成为湖南农业大学唯一"双魁"选手。

② 荆婷：为我的2015级研究生。

赠 言

　　该部分赠言主要是赠予在天津工作时所带的研究生，写于他们毕业之际。这次收录中，作了微小的补充与修改。

三言苦辣好冷藏，
两语酸甜九回肠；
愧无重器传今古，
只有些诗奉庙堂①。

作于湖南农业大学　2017年8月

| 注释 |

　　①中国知识分子素有庙堂情怀。范仲淹说："处江湖之远，则忧其君；居庙堂之高，则忧其民。"以在下观之，忧其君者众而忧其民者寡，忧其君者先而忧其民者后。盖因唯有忧君方可入庙堂，入庙堂方可忧民，所以中国知识分子一生最大愿望就是跻身庙堂。

赠 林伟

林中小鸟，伟岸放飞；
敬师如宾，大众口碑。

赠 桂玲

身在屋外，却是室内；
自娱自乐，谁解其味？

2007年1月

赠 刘晓

前面有许多玫瑰，你不要急于采摘；
前面有许多荆棘，你不要惧怕插栽；
前面有许多许多，你不要轻言再来。

2008年4月18日

旅 程

——刘晓师门感悟

我不是上天的骄子，
它没有给我华丽的外表和显赫的家境；
但我却是世间的宠儿，
因为世人让我摆脱浮华进入了神圣的职教殿堂。
……
同学们都说，
做职业教育是艰苦的，
因为选择了职业教育就意味着选择了辛酸与贫寒，
但对于我来说，正是因为艰苦，
才会让我学会理解与宽容，
让我感受到了艰苦奋斗后那种筚路蓝缕、以启山林后
的成功与喜悦。
导师对我说，
做职业教育是寂寞的，
因为我们每天将面对太多的鄙薄与不解，
但是我想，唯有寂寞，
才会让我学会白天探索、实践，深夜沉思、苦读，
才会有了黎明破晓时那份寂寞后的如此美丽！
……
职业教育，
将是一段很长很长的旅程，
即便用尽我所有的时光仍将永无止境，
我唯有不停地奔跑、呼喊、追寻。

|作者、高涵、刘晓及其弟子三代同堂|

赠 王良

并 非 王 子，
却 是 良 才。

|附| 【 王良赋诗 】

工科出身又学文，有幸投入周师门。
培育恩情无以报，奋斗来日成明星。

2006年7月

赠 胡娜

古月成胡，婀娜多姿；
后继有人，贵得两子。

赠 马美

美若烈马
天敬地怕

赠 晨晨

做事较真，
懂得感恩；
豁达生活，
创业志成。

赠 蔡林

欲入教门
误入企门
找对家门
永为周门

赠 马俊

香水有毒，
亦能电商；
彩云之南，
理想崇尚；

赠 增兴

闽于精明，粤则开来；
敏脑悟知，痴心不改；

赠 淑芳

关键时刻，有关键想法。
关键事项，有关键做法！

赠 宏磊

　　刘宏磊是2010年7月毕业的硕士研究生，现在广东电子商务技师学院工作，读研期间为周门树立了一种精神，被称为"宏磊精神"。其实质概括为：坐得住，吃得苦，放得心。为弘扬这种精神，特赠对联一副。

上联：宏略行事诚信是精
下联：磊落做人坦荡亦神
横批：宏磊精神

2017年8月19日

| 附 | 宏磊文章

【 回眸2008之点滴 】

刘宏磊

　　2008年，对于中国来说意义非凡，一幕幕如同发生在荧屏上；同样，2008年对于我来说也是非同寻常的一年，大学四年的美好生活宣告结束，我没有像其他同学那样选择走向社会，而是选择了大二时就确立的目标——读研，我确信这是我一生重要的转折点。在这辞旧迎新的时刻，旧的一年的经历就像电影的画面一样在我的脑海中一幕幕地不断呈现，最终，画面定格在2008年冬天……

　　周老师申报的天津市课题"大学生就业困难群体援助的制度研究"即将开题，一项课题的开题要有很多的前期工作要做，尤其是一些细节性的工作更要照顾到，这需要在做事上追求完美的那种品质。其中一项细节性工作就是要装订开题所需的材料集，里面包括开题立项书、开题报告、论文以及课题组的成员名单等。这项工作由我负责。师兄他们把材料集所需论文收集完毕，我就来到打印的地方。装订材料集我还是第一次做，对于其中很多细节还不熟。就说"封面设计"，对于封面上的文字大小以及分布都不能充分地把握好，对于以前他们做的封面也没有很多接触，就凭着自己的感觉把封面给折腾出来，本来自我感觉还可以，可等拿回去之后，师兄看一眼就指出了其中的缺点：封面的字的大小设计不匹配。我心想做事一向追求完美的周老师肯定更不满意了，出乎意料的是，周老师在看到这本材料集之后，只是轻描淡写地说：做事一定要提高精度。也许是第一次做这个吧，比较粗糙，周老师并没有责怪我，但我知道下次一定要细心了！有时候一些事情的成功往往就是取决于容易被忽略的细节，我想做事应该分两个层次：一个是做成；一个是做美。

前几天周老师问我这个学期的最大收获是什么，我说是"压力"。这种压力是走向社会必须面对的压力，现在提前去适应，那么真的走向社会了，就更容易去适应！这时，王良师兄提醒我一句：你最大的收获应该是"学会做事"。我思来想去觉得我刚才说的"压力"应该是我最真切的感觉。师兄所言极是，学会做事是我最大的收获，并且将一直学着，但学会做事就是在这种压力下才能真正体会到，也许是周老师要求凡事必须做美以及师兄师姐确实把事情做得很漂亮造成了我所说的压力。

转眼到了开题那天——12月21号，记得那天天空飘着鹅毛般的大雪，据说是天津50年一遇的。早晨我赶紧过来布置会场，大概九点老师基本都来了，开题会议正式开始。当进行到第二项议程——宣读课题组成员的时候，周老师发现另外一个学校的两位参加会议的老师名字没有位列其中，而在下面的子课题负责人及其成员里却写着这两人的名字，蓦地，我知道我犯错了。马虎！都是我的"马虎"惹的祸！周老师依旧轻描淡写地说：下次注意！事后反思，我觉得还是细节问题，细节！做事欠考虑！

这次冬季培训班的桌牌由我来做，总共53个。我像个木匠一样折腾了一番，做完了我还特意数了一下，觉得没出差错，就摆放在桌子上，摆好之后顿时有一种成就感油然而生。就在培训班开课的前一天晚上，为了确保万无一失，周老师亲自过去审核了一遍，最后发现竟然鬼使神差地少了一位培训老师的桌牌。到底是幸运还是自责，那种感觉说不出来，二话没说，我赶紧补上了那位老师的桌牌。这一次，我又领会了什么叫"做事"，做事不能只凭一股热情，要于热情中带有思考，带有细致、对自己严格要求的一颗心！

"做中学"是我们教育，尤其是职业教育的准则，意思就是要提醒人们：事情永远不是想出来，只有通过做才能把能力转化到自己身上。

这几件"小事"也许只是我记忆长河中的几段插曲，没有涟漪，没有波澜，但就是从这些"小事"中，我懂得如何"做事"，"做中学"！

往事如风，往事如歌，所有的记忆都将留在心底，伴我成长；打点行头，踏上新的征程，前面也许荆棘遍布，也许坎坷不平，无论如何，我都将坚强面对，不轻言放弃！

赠 刘营

天上的一弯月
地上的一泓水

赠 沈娟

常为群中人，
细雨润无声；
不管风和雨，
敬师真又纯。

赠 汪欢

柔弱外表，
坚强内心；
临危时刻，
冲锋陷阵。

赠 金胜

事业艰难时，陪伴至湘江；
浏阳古井边，默默诉衷肠。

赠 婉婉

谋于妩媚，计于沙场；
成于机智，得于女郎。

【 婉婉拟联 】

上联：忆昨日登门入室恐拙玉难磨
下联：惜今朝同门欢聚念师恩如山
横批：周门永昌

2010年7月

【 贺电·喜闻研究生答辩获佳绩 】

　　我和弟子金胜在贵州讲课，周婉婉打来电话，告知安娜、刘淑芳、刘洪磊、汪欢、刘莹、廖绍袍等答辩全部通过，安娜、淑芳优秀，其他良好。特别心境，喜泣而致，遂发贺电。

又是新年到，忽闻喜报来；
答辩获佳绩，周门乐开怀。

作于贵阳
2010年7月

请收下吧——这微薄的赞礼！

——在学生元旦茶话会上的朗诵

像慈祥的母亲，
把奶汁喂进婴儿口里；
像辛勤的园丁，
把棵棵幼苗剪辑。
啊！老师
人类灵魂的工程师。
把知识的种子播进
下一代的心际！

寒来暑往，山迁水移。
敬爱的老师哟，
您默默无闻地工作。
心血化为无穷的生机。
教室里，
您婉转的声音
恰似娓娓的妙音，
使我们飞向奇趣的线性空间里，
仔细地教学分析；
讲台上
您斯文的身躯，
犹如做人的楷模，
把我们抛进社会的辞海里
查寻人生的定义；
走廊中，
您踏实的足迹，

好像通向未来的柏油路，
引导我们在现代化的征途中
把一个个歌德巴赫猜想采集。

啊——
多少个百花争艳的春天，
您和我们共赏春姑娘的美丽；
多少个硕果累累的秋日，
您和我们共把过去回忆。
谁说您是老九？
在培育的花圃里，
您总是夺得了第一又第一！

逗人可爱的婴儿
最终得妈妈的亲昵；
含苞怒放的花儿，
总以骄艳献礼。
在这元旦佳节之际
我激动的心，凝成一句：
感谢您，辛勤的培育，
祝愿您，保重好身体！
请收下吧！
这就是我——您的学生
一点微薄的赞礼！

1979年12月22日

半载门生

弹指一挥间，相距二十八；①
记忆犹弥新，那束金银花。②
一件碎红褂，齐耳小短发；
墩胖圆乎脸，名曰王晓霞。
语文顶呱呱，写作善观察；
街头卖鼠药，吆喝传笔下。
艺高人胆大，偷偷闷泥巴；
为师折扁担，且行且尴尬。
虽有恶作剧，习得却才华；
因缘结良友，教坛传佳话。

2017年9月8日晨

| 注释 |

① 王晓霞是我1981年在荆门姚集学校带的初中生，活泼，开朗，偶尔调皮，在写作方面能够把情景描写得惟妙惟肖，令人留下深刻印象。在荆门还有联系，之后28年失联。

② 离开姚集中学的那天上午，上完课回来，我寝室里多了一束金银花（农村学校的寝室是不锁的）。当时也不知是谁送的。几年后，我调到荆门市教育局工作后的第一个教师节，收到从武汉水运工程学院寄来的明信片，全篇一句话：周老师，您还记得那一束金银花吗？这时她已经是大学生了。

| 前排左三为王晓霞 |

| 附 |

【 贺周老师六十华诞 】

王晓霞

昔日汉水映明月，
今朝湘江聚星光。
把酒津沽吟晓风，
泼墨逸园谱霞章。

　　36年前受教吾师周明星，虽仅半载师生情缘，然半生牵念。时值周老师六十华诞，拜读诗集《百年行吟》，为老师的不懈追求喝彩，涂鸦与众门生共贺。

作于浙江宁波北仑
2017年9月7日

告别 419

　　从2012年8月到2017年8月，在419室共同度过5年。在这里招了三届博士、四届硕士、全日制和在职的共20余名学生（还包括3名访问学者），获得国家社科基金和国家精品资源共享课各1项，获得2项省委省政府社科二等奖和1项省级教学成果三等奖；主持省部级纵向课题5项（含一项重大招标委托）和30余项重大横向课题，在《教育研究》《光明日报》等报刊发表论文10余篇，个人被评为二级教授，成就了我事业的第三春。这里有我的心血，这里有"做中学"文化，这里有独到的教育。金秋，根据学校统一安排，办公室作了调整。作此诗，以表依依不舍之情。

十教四一九，今日离别走；
三步两次回，难忘在心头；

莫道此屋小，做中学兼有；
国子号成果，雨可开兆头。

博士把门开，高涵选题牛；
清德学工匠，晓琼卓越游。

梁艳好温柔，菁玲美歌喉；
刘洋黄雯喜，彭波仕无忧；

梁琳开口笑，文苗双丰收；
慧莉教育家，得益斯学愁。

继伟创业忙，彦强桃源悠；
张俊圆梦想，相文富春秋。

晓霞多磨难，刘聪助长久；
赵婷只等闲，江敏千里求。

继平细语声，颜梓更劝酒；
怀芝谭老板，开阳黄雀后。

荆婷脱口秀，李欢理财手；
吴蓓为人稳，张臻做事优。

更有李嘉丽，张颖来携手；
梓仪春兰接，挥斥正方遒。

作于湖南农业大学第十教学楼北419室
2017年8月26日

卷四

友谊吟

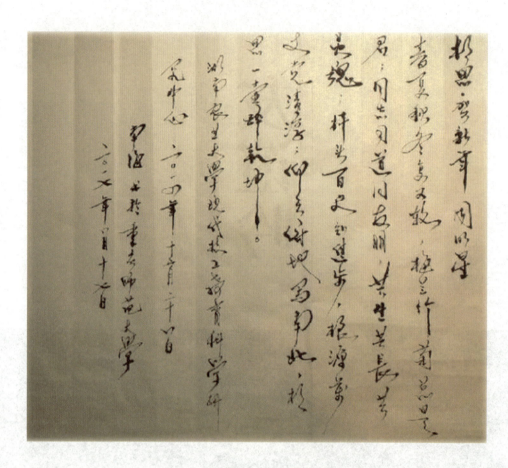

重庆师范大学南海教授病重手书《相思·贺新年》诗

作者与西南大学教育学部部长朱德全教授（右二）

作者与天津职业技术师范大学教育学院同事合影

相思·贺新年①

春夏秋冬复又轮，

梅兰竹菊总是君；

同志同道同友朋，

共生共长共灵魂；

杆头百尺知进步，

根源万丈觉清淳；

仰天俯地写南北，

相思一壶醉乾坤。

作于湖南农业大学现代技工教育科学研究中心
2014年12月28日

| 注释 |

① 借新年之际向各位予以帮助的朋友致敬。

津门印象

| 题记 |

　　津门即天津，我的第二故乡。1999年12月从湖北荆门引入，2011年5月调出，十一年有余，中年宝贵的年华都留在这里，留下了欢乐也留下了反思，留下了深刻印象。

北方归巢南面鹏，
乃当津门作荆门①；
理实一体毓工匠，
手脑三双启乾坤②；
把握重点舞龙头，
守住精品创课程；
甲方乙方均同方，
留与魔方照后胤③。

作于天津家中
2011年7月

| 注释 |

　　①我是1999年12月被引入津门，来到天津职业技术师范大学，一只南方的鸟到北方找到归巢，把天津作为我的第二故乡。

　　②这所大学被社会誉为"中国职教师资的摇篮"，其"一体化职教师资培养模式"和"高等应用技术人才培养新模式：本科+技师"分别获得1997年和2005年国家教学成果一等奖，奠定了学校发展的两大特色。后来，我在实践中提出的研究生"双导师、双基地、双证书"培养模式，成为学校的第三大特色，被刻在校门石碑上。

　　③在天津，我牵头成功申报了国内首门国家精品课"职业教育学"和国内第一个省市级重点学科"职业技术教育学"。我现在虽然在湖南农业大学，但这些成果可以共享。魔方：培养研究生的魔鬼训练法。

中国职教学会第三届学术委员会第三次全体会议
2010.4.10

2010《职业技术教育》学术沙龙　中国·长春 2010.1.

| 作者与教育部职业教育中心研究所汤霓博士。汤博士本科期间跟随作者研习，后经作者推荐保送华东师范大学硕博连读，师从石伟平教授。 |

| 作者在天津职业技术师范大学赴越南参加越南技术师范大学校庆 |

| 作者与时任荆门市教育局局长何帮志（左1） | | 作者与时任荆门职业技术学院党委书记、荆门市教育委员会主任洪保初 |

荆门记忆

| 题记 |

　　荆门是我职业生涯的重要的驿站。1985—1999年，我一直在荆门工作（不包含1978—1980在荆门读书），在荆门市教育局工作10年，在马良乡村中小学、荆门市教育科学研究所、市职业中专和荆门职业技术学院共工作8年。这里的一草一木、好山好水、那人那事，历历在目，记忆深刻。

三国故里长坂坡，

荆楚门户历蹉跎①；

幼小中高一贯通，

学研管企全开庋②；

十年投身问政路，

八年潜心觅船沱③。

为山九仞不在高，

功亏一篑践始诺④。

作于荆门电力宾馆
2017年8月14日

| 作者任荆门市教育科学研究所所长时与前所长、全国著名小学语文专家张开勤先生 |

注释

① 荆门是湖北省地级市，素有"荆楚门户"之称，也是中国优秀旅游城市之一，境内有世界文化遗产——明显陵，以及楚汉古墓群、屈家岭文化遗址等文化古迹，诞生了朱厚熜、老莱子、宋玉、莫愁女等一批历史名人，留下了"阳春白雪"、"下里巴人"等历史典故。 2017年6月，荆门市被评为国家卫生城市。

② 我在荆门当过幼儿、中小学和大学教师，科研人员和教育行政管理人员，还当过两个公司总经理、水厂厂长，教育实践可谓丰富多彩。

③ 问政追求为官之道，以图谋一官半职；做学问寻觅专业落脚点，以安身立命。然终究一事未成。

④其实上述目标并不高，关键是没有坚持。

| 作者任荆门市教育科学研究所所长期间主持的十年所庆 |

同 窗

| 题记 |

　　2000年年初，华中科技大学教育科学研究院高等教育学专业招收一个特殊的"博士班"，在全国高校里面选拔一批优秀"校长"培养，以期满足高等教育发展的需要。我有幸作为校长助理被选中。来自全国各地高校的校长们，年龄不一，学衔不一，寒暑假和节假日上课，大家充满快乐。后来这些人有的担任了副省长，多数人是大学校长，这成为中国高等教育的一段佳话，载入史册。距今已是17年了，以此纪念。

无论职务高低，

无论学衔下上，

学在同一个窗下，

为了大学的理想。

无论寒冬腊月，

无论春闲秋忙，

住在同一个檐下，

为了勤学的寒窗。

无论长城内外，

无论东海北疆，

吃在同一个饭桌，

为了游学的气象。

无论校内校外，

无论未来升降，

| 与博士同学，湖北大学校长熊建民教授 |

乐在同一个群里，
为了科学的共飨。

作于湖南农业大学
2017年9月

| 作者与博士同学，姜文华（左一，北京武警指挥学院大校）、伊继东（左二，时任云南师范大学校长）、徐建培（左三，时任青岛大学校长，现任河北省副省长）、郝瑜（左四，时任陕西省教育厅副厅长）|

赠华伦①

| 题记 |

　　我与华伦因天津一次会议相识，一见如故。我的学术
活动他每次必到，他们学校的重大活动也请我，我俩心心
相印，相得益彰。不论利益，不谈钱财，我们是事业的朋
友、心灵的知己。

萍水相逢知如故，

彩云阴晴遮不住；②

笑语荆楚飞天边，

欢声版纳越山谷；③

每临大事显静气，

屡与小诗明行撸；④

君子之交浓亦茶，

心外宠物犹粪土。

2017年9月10日于湖南农业大学泉水塘

注释

①华伦指云南玉溪技师学院李华伦院长，2001年我俩在天津相识，十余年来相识相知相随。

②比喻不管什么风雨，也挡不住我们之间的理解与支持。

③"版纳"是指比县小一些的行政区域。2008年，应华伦之邀，我们全家从荆门来到这"天边"，过泼水节，观野象，览山谷，品傣菜，悠哉乐哉，两家在此度过了一个难忘的春节。

④在我事业受到挫折的时候，他总是以小诗予以鼓励，以壮行撸。

|附| 【人生如梦】

李华伦

　　我与明星教授神交甚久，相识十年余。他忠诚职教、执着学术的精神，常予我倍之鼓舞。今赋诗一首，贺兄六十大寿，聊悟人生。

天津长沙结深情，
千里相识只为缘；
君心赤胆天地知，
献身职教四十年。

人生如梦贵知足，
培桃育李一片天；
悄然已过甲子岁，
卸装竹林乃一贤。

丁酉年秋于云南玉溪抚仙湖畔

| 作者于玉溪技师学院会见李华伦院长及所教过的在该校工作的研究生 |

答友人·什么是友谊

　　人需要三件东西：爱情、友谊和图书。今年是我生命的六十年和从教四十年。不少朋友写了贺词和撰了对联，体现了友谊之树常青。那么，什么是友谊呢？

| 2000年大年初一，作者在时任天津职业技术师范大学教育系主任杨金梅夫妇家过年 |

友谊是一棵常青树，

需要我们去培土；

不论春夏和秋冬，

定能为我们遮风挡雨。

友谊是一本教科书，

需要我们去析出；

不论高深和浅显，

定能使我们知识丰裕。

友谊是一个美少女，

需要我们去爱抚；

不论追求和仰慕，

定能使我们心灵沐浴。

友谊是一个宝藏库，

需要我们去保护；

不论你们和他们，

定能使我们拥有幸福。

友谊是一条荆棘路，
需要我们去拓铺；
不论炎热和寒冷，
定能为我们天堑通途。

友谊是一把老酒壶，
需要我们去温煮；
不论今天和明天，
定能使我们提升纯度。

友谊是一栋梦想屋，
需要我们去构筑；
不论长辈和晚辈，
定能使我们和平共处。

于湖南农业大学
2017年8月31日

| 作者与沈阳师范大学徐涵教授 |

| 作者与时任广州市组织部副部长、人保局杨秦局长、黄远飞副书记共庆广州技工教育60周年 |

| 作者与天津职业技术师范大学孙可娜教授 |

| 作者与华东师范大学马庆发教授和弟子唐林伟。唐是我的开门硕士，马教授的博士 |

| 附 |

【原韵和仁兄周郎自题】

吴双先①

入世出世一孝重，
升官晋爵转头空；
出农归农情结浓，
学教问道效陶翁；
陶翁重教兴冬学，
周郎治学从教中；
陶翁应知周郎志，
千教万学始成功。

2017年8月20日

| 注释 |

①吴双先，吾在荆门马良工作时的朋友、同事，相交三十余年不离不弃，现为荆门青少年活动中心副主任。

与广州市技师学院副院长李立文合影 | 李立文副院长（前左一）

| 附 |

【水调歌头】
——贺明星教授六十大寿

李立文①

荆楚钟灵秀，汉水流古今。

自古英才辈出，丁酉升明星。

柴舍炊烟直上，马良山峦滴翠，江城数峰青。

杏坛添异彩，幼教达翰林。

出沙洋，据荆州，渡天津。

首育生态博士，技教树中心。

衡岳苍松仰迎，洞庭秋月潜形，职教赤胆倾。

树人四十载，桃李郁菁菁。

| 注释 |

① 李立文，广州市技师学院副院长，曾任广州职业技术教研室副主任。

|附|

【无 题】

欣闻周明星教授《百年行吟》出版，甚为兴奋，特吟诗贺之。

张 剑 ①

遥记往昔荆山下，

谈今论古著华章。

南湖灯火伴学子，

桂树林里迎朝阳。

幽谷重峦等闲过，

月夕花朝写沧桑。

年年柳绿花又红，

诗人情愫万古长。

作于美国拉斯维加斯
2017年9月

| 注释 |

① 张剑，湖北省质监局原副巡视员，荆门市技术监督局原局长、党委书记、研究员。系作者硕士同学。

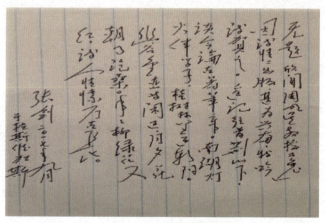

【西江月】

——明星教授甲子回望

许 拓 ①

如歌岁月六秩，

教坛春秋四易。

探源求真不言弃，

成就三湘大地。

英雄遑论出处，

草根书写传奇。

青山咬定扛风雨，

矢志终铸大器。

作于武汉

2017年8月24日

| 注释 |

① 许拓，患难之交，现任《高考》杂志社
副社长、武汉采编中心主任，武汉全网教育咨
询有限公司总经理，曾任武昌工学院董事、招
生就业处处长。

【贺好友周明星先生六十华诞 】

张四海①

上联：汉江泱泱美水土孕育一代明星耀荆楚
下联：岳麓苍苍奇文化托举多少英才咏湖湘
横批：惟楚有材

2017年8月24日

| 注释 |

　　①张四海，荆门市文化体育局原局长，荆门市教育委员会原副主任，著名文化学者。我与四海兄情深意长。在荆门市教育局工作时，他是后港中学校长，因为我在普教科管学籍，时有接触。一次，我到后港，哥俩喝多了，你送我，我送你，送了半天没出校门；后来，他调市教委任副主任，我当职教科副科长、科长，他成为分管领导，我们一起驻村，同吃同住同劳动，度过了相知相惜的一年，结下深厚友谊。后来，我们一起筹办了全国成人中专现场会和联合国P20项目会，开创了荆门职业教育的全新局面。

| 作者与时任教育部成教司副司长李加林（中）合影 |

| 作者与时任湖北省政府教育督导室副主任纪登训（中）和时任荆门市教育委员会副主任张四海（左一）的合影 |

【 明星教授生日贺 】

张柏清①

祝酒笙歌响云天，
贺词由衷肺俯言。
明月相伴忆友谊，
星移斗转情义牵。
教坛四旬勤耕耘，
授业育才高精尖。
六秩人生经风雨，
十年功夫磨一剑。
华章夺冠万众喜，
诞辰更将追前贤！

欣逢周明星教授六十寿诞，暨《百年行吟》出版，欣喜之时，特作此诗庆贺！

作于广州2017年9月

| 注释 |

　　① 张柏清，荆楚理工学院国际学院前院长，三级教授。博士同门，挚友。

【贺周明星教授六十寿辰 】

董家彪①

【一】

与君相识四十年，时代大浪立潮巅；
天生我材必有用，铸就神笔舞风烟；
阅尽人间冷暖事，总是豪迈朋友间；
汪洋恣肆无羁绊，无边灵感在云天。

【二】

一心只读性情书，莫道功夫只等闲；
著作等身勤耕耘，学贯古今成大贤；
六十正披黄金甲，才子佳人随两边；
莫愁前路无知己，再借海潮四十年！

2017年9月1日于广州

| 注释 |

① 董家彪：广东旅游职业技术学校校长，曾任荆门职业中专校长，我当时为副校长，挚友。

| 作者、董家彪（左一）与著名主持人赵忠祥 |

【师路花语】
——写在周明星教授六十大寿前夕

潘朝阳①

周老师，您好！
您踏着坚实的步伐从远方走来，
携手学生们又迈向美好的远方，
远去的路值得深深回忆，
我们在鲜花盛开的花季。

曾几何时的您
从容间的奇思妙想
是学术炉火纯青的造诣；
欢乐中的诗情画意
是美好生活的激情珍惜；
生活里的推杯过盏
是大丈夫豪放与轻松的自信
闪闪的明星
放射着浓烈椒香的璀璨与绚丽。

【一】
是的，您一路走来，
饱尝着岁月的风霜和洗礼，
像一片片奉献的绿叶，
只为绿荫下缀满天下的果园桃李。

这里有沁人心脾的芬芳，
这里有校园独特的墨色藩篱，

｜作者与潘朝阳校长（右一）｜

老师的教诲像春雨，
言传身教润物无声细；
老师的热情像太阳，
引导走上洒满阳光的人生地。

【二】
是的，您一路走来，
过滤掉了岁月的尘埃和迥异，
像一滴滴清纯的水珠，
从屋檐流下滋润着一个又一个奇迹。

这里有时代的呼唤，
这里有顶天立地的真谛，
老师的风格像秋风，
唤金了稻谷吹熟了田地；
老师的事业像大树，
为技工教育带来清新别样的春意。

啊！好老师！
照亮别人而把自己燃烧尽力，
培育桃李志在服务祖国社稷，
您陪着学生云游四方，
带我们体会殿堂的魅力，
我们也挺起胸膛，
一道为实现中国梦加油喝彩与鼓励！

2017年国庆于广州

| 注释 |

①潘朝阳：广东电子商务技师学院院长。

萍聚槟榔庄园

——为答谢陈太荀①弟大年款待而作

| 题记 |

  大年三十在老家祭完父母，正月初一携家人飞赴海口汇何文章夫妇，乙未年正月初二抵乐东黎族自治县利国镇官村陈太荀弟槟榔庄园，谈情说义，互道珍重，兴致而作。

夕除旧符祭乡愁，
朝拜新兆辑琼岛②。
应声官村赏槟榔③，
诺言民庄醉杨桃④。
三壶浊酒酿真假，
一担琴鹤⑤挑哭笑。
谁道海角无故人，
浪迹天涯乐逍遥。

作于海南乐东
2015年2月

| 注释 |

  ① 陈太荀，现任海南华侨职业技术学校校长，原任海南工业学校校长。

  ②琼岛：海南岛。

  ③赏槟榔：海南习俗，晚辈向长辈馈赠槟榔。

  ④杨桃：陈太荀弟槟榔庄园的一棵杨桃树，我们在树下饮酒作乐。

  ⑤琴鹤：在古代象征清廉。

| 2015年春节与何文章教授（右二）在陈太荀校长（右一）家中 |

"责任教育——培养敢于担当的海南人" 中期推动会

| 作者在巴黎偶遇20年未见的同学熊庆彪局长 |

友 谊

近看翠竹矮，
远视红梅开。
之窗亦如镜，
留影人妖来。

作于荆门师范
1979年11月17日

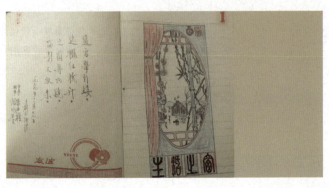

三个臭皮匠

——与钟明雄、陈士清①临别赠言

别时难舍是亲人，
非是亲人倍亲切。
共处共论先父事，
相依相谈后夫业。
能上能下显英雄，
时起时伏逞豪杰。
三个皮匠合称臭，
伟哉诸葛眼一瞥。

作于金螺小学
1978年10月9日晚

| 注释 |

　　①钟明雄、陈士清是我在金罗小学任民办教师期间结识的朋友，该诗为考学离别时赠言。

诗二首

【 一、宋字咏 】

同学宋述猛字写得潇洒，这是对他的欣赏。可惜斯人已去，这里深表怀念。

宛若嫦娥弄绸，

好似清泉回首。

点横竖撇捺，

出自工匠妙手。

妙手，

妙手，

一挥敢笑风流。

【 二、祝酒 】

全班同学元旦聚会，也快实习了。尽情地喝，一诉离别衷肠。

与其腴宴祭旧，

不如诉诸衷愁。

壮哉团年饭，

一派及时祝酒。

祝酒，

祝酒，

明日潇洒身手。

作于荆门师范
1979年12月30日

劝业咏叹调

| 题记 |

　　1998—1999年，我在荆门职业技术学院工作，任高教所所长兼荆门科技开发有限公司总经理。我、汪葆按、印四海、曹治平、刘春平等自筹资金二十余万，共同创办了可利尔水厂，招聘员工二十余人，开创高校劝业新门路，成为一段佳话。

锵锵五人行，

有志事竟成；

合伙凑份子，

肝胆两相诚；

创办可利尔①，

星夜江苏行；②

惠及中小学，

社会给好评；

劝业何其难？

只要主旨真。③

作于湖南农业大学泉水塘小区

2017年9月10日

| 注释 |

①水厂取名"可利尔"。

②连夜去江苏购设备，半个月就安装试水。

③劝业指努力从事其事业，这有何难？只要拿定注意，齐心协力，真抓实干。

当感恩成为一种常态

当感恩成为一种常态，
它会卸下自我的负债；
获得一身轻松，
走向阳光的窗外。

当感恩成为一种常态，
它会享受父母的慈怀；

| 作者与教育部职教司原司长杨金土先生（左三）|

国教育科学规划"十五"重点课题《中
读硕士学位制度设计与实施研究》

获得一句叮咛，
走向做人的豪迈。

当感恩成为一种常态，
它会增添家庭的愉快；
获得一个港湾，
走向生活的实在。

| 作者与石伟平教授(右一)、周萍教授（中）在西南大学 |

当感恩成为一种常态，
它会倍感同志的关爱；
获得一股力量，
走向和谐的气派。

| 与国家人保部职业能力建设司副司长张斌合影 |

当感恩成为一种常态，
它会愉悦老师的培栽；
获得一个指点，
走向成功的未来。

于湖南农业大学
2017年9月6日

｜作者向教育部职教所所长杨进教授汇报工作｜

｜作者随教育部职教司司长黄尧教授（中）在山东滨州考察｜｜作者与姜大源教授在新疆｜

｜作者与中国职教协会常务副会长刘占山先生｜

｜作者与时任天津职业技术师范大学党委书记吴炳岳研究员
（左三）、副校长苗得华教授（左一）｜

｜作者在担任荆门市教育科学研究所所长期间赴北京向中
央教科所所长阎立钦教授汇报地方教研工作｜

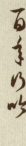

卷五

景情吟

韶 山

| 题记 |

　　从少年到现在，我也不知去过多少次韶山。特别是到湖南工作后，每年必去，每次都是怀揣一颗崇敬之心前往。在中国共产党的发展史上，陈独秀担任第一任到第五任总书记，对建党做出不可磨灭的贡献；第二任总书记是瞿秋白，四年任内推动武装起义（八一南昌起义、秋收起义和广州起义），对建军起到了一定作用；李立三、向忠华、博古、张闻天等都为历史过客；秋收起义后毛主席到了井冈山，后又有朱德汇合和彭德怀加入创建井冈山根据地，这才成就中国革命的发源地。此次陪同来访的谭明社长、陈建华主任赴韶山参观，有感。

南岳峰耸峰，
天下韶山葱；
革命上井冈，
谋福为农工；
缔造家国园，
呼唤世界风；
民心今何在？
休戚更与共！

作于韶山
2014年7月

胡耀邦^①故居^②

| 题记 |

　　山东省职业技术教育师资培训中心主任艾修俊和副主任史学军等一行来访，我陪同前往向往已久的胡耀邦故居。简陋故居，依山傍水，恬静安详，我身临其景，感慨万分，突然想起诗人臧克家在纪念鲁迅时写的诗："有的人活着，他已经死了；有的人死了，他还活着。"

青山绿水绕苍坊，浏阳乡曲吟耀邦；
一身正气红小鬼，两袖清风党中央；
心在人民亦公仆，利归天下皆榜样；
活着浩然不苟且，虽去坦荡万众仰。

2017年8月4日

| 注释 |

　　① 胡耀邦（1915—1989），字国光，湖南浏阳人，曾任中共中央主席和中共中央总书记。

　　② 胡耀邦故居：位于湖南省浏阳市中和镇苍坊村敏溪河畔，北靠西岭，四周流水潺潺，风景优美。胡耀邦同志于1915年11月20日在这栋老屋的一间厢房里出生。

陈独秀旧居

2013年8月我应重庆市江津职业中专学校邀请，赴该校讲学。得知陈独秀的最后居所在江津，我很是惊讶。抽空前去参观，发现晚年的他居然贫困交加、穷困潦倒。但是，面对国民党的收买，他毫不动心，人格高尚，令人敬仰。

江津石墙院，
客居陈独秀[①]；
五四总司令，
创党首领袖[②]；
命运虽趔趄，
意志岂禁囚；
人格尤可贵，
荣辱不贱头！[③]

作于江津
2013年8月

百年吟哦

| 注释 |

① 1938年8月，陈独秀流寓江津；1939年5月，他应杨家后人邀请来到石墙院，帮助整理杨鲁丞遗著；1942年病逝于石墙院。陈独秀旧居原为清朝乾隆年间进士杨鲁丞故居。

② 陈独秀是中国共产党的创始人和早期领导人之一，是新文化革命的先驱，文艺理论家，著名教授。由于鼓动民众抗日，于1932年9月被国民政府逮捕。1938年7月，陈独秀出狱后辗转来渝，同年8月来到江津后开始居住在这里。陈独秀晚年贫病交加，潜心著述，于1942年5月27日病逝在石墙院。陈独秀的一生，起伏跌宕、曲折离奇，堪称是中国民主革命艰巨而曲折的缩影。

③ "八一三"淞沪战役后，日本战机轰炸南京，老虎桥监狱被炸，陈独秀幸卧桌下，没有受伤。金陵女子大学中文系主任陈中凡（陈独秀在北大时的学生）商请胡适等联名保释他。政府当局表示：本人写悔过书，立即可办。陈独秀大怒："我宁愿炸死狱中，实无过可悔。"1937年南京沦陷前，陈独秀被提前释放。胡适、张伯苓、周佛海、傅斯年等名流为其接风洗尘。席上，周佛海请陈独秀到国防参议会挂名，可保后半生衣食无忧，静下心来研究学问。陈独秀的北大学生、时任浙江省主席的朱家骅也禀承蒋介石的旨意，动员陈独秀出任国民政府劳动部部长，胡适让他去美国写自传，谭平山要他出面组织第三党，均遭陈独秀严词拒绝。几经辗转，陈独秀带着潘兰珍来到重庆偏僻的江津县五举乡石墙村隐居，生活清贫凄苦、穷困潦倒。其间叶青送的200元、朱家骅赠送的5000元、蒋介石等从银行汇的钱他都一一拒绝，他说"无功不受禄"，不为三斗米折腰，大气凛然。

瞿秋白①

| 题记 |

　　2015年11月，以北京曹妃甸职教城现代职业教育研究院院长的身份带队赴江苏常州职教城考察学习。之后与副院长万由祥教授参观此处的瞿秋白故居，这才对瞿秋白"亦文亦政、忠党忠民"的一生有了真正的了解。

临危受命充大任②，
偏安请缨作主将③；
政韬文略岂多余④，
留与丹心后人觞⑤。

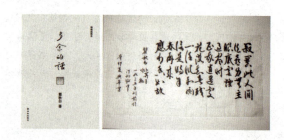

于江苏常州
2015.11

| 注释 |

　　①瞿秋白，1899年1月29日生于江苏常州，是中国共产党早期主要领导人之一，伟大的马克思主义者，卓越的无产阶级革命家、理论家和宣传家，中国革命文学事业的重要奠基者之一。

　　②瞿秋白于武汉"八七"会议上被推举为政治局总负责人，是继陈独秀之后第二任党的领袖。

　　③偏安：在被党内同志侮辱和损害的同时，被批判、撤销职务并受到冷落的瞿秋白走向了文学，介入了"左联"，结识了鲁迅。他与鲁迅一起，发起新文化运动，写了许多杂文、政论，成为"新文化主将"。

　　④他治党民主，受到好评。李维汉曾评价他：在党内是最民主的。他在狱中写下《多余的话》。

　　⑤其临刑时的大义凛然、从容就义受到全国人民的尊重与敬仰。

井冈山①

| 题记 |

　　2016年8月，我应江西科技师范大学陈建华主任的邀请，赴井冈山为江西省中职学校校长培训班讲课。我发现这里不仅自然风光优美，而且红色文化独特。这是中国革命的发源地。

一双肩膀担社稷，

两条扁担②挑江山；

起义星火汇井冈，

革命风云染九天。

于井冈山2016年8月

| 注释 |

　　①井冈山：地处湘东-赣西边界，万洋山（为罗霄山脉中段）的北支，据传在东汉年间就已经有人在井冈山居住了。秦朝设郡县制时，井冈山为九江郡庐陵县属地。1927年10月，毛泽东、朱德、陈毅、彭德怀、滕代远等老一辈无产阶级革命家率领中国工农红军来到宁冈井冈山，创建了以宁冈县为中心的中国第一个农村革命根据地，从那之后井冈山就被称为"中国革命的摇篮"。

　　②井冈山的"朱毛"是中国革命的符号，脍炙人口的"扁担挑粮"故事则是这个符号的内涵。

瑞金^①行

| 题记 |

2016年6月我应邀赴江西南昌技师学院做国家示范校典型案例咨询，研究生谭怀芝同行。咨询结束后我了却了几十年的一个心愿——瞻仰共和国的摇篮旧址。这里仿佛还有着五次反围剿的硝烟和长征起始的壮丽。简陋的房屋、恶劣的生存环境和健全的国家机构，孕育了中华人们共和国这个东方大国。

五夷山脉腾逶迤，

共和摇篮孕瑞金；

秋收挥旗缔舵手，

八一举枪建红军；

顶天方需信主义，

立地尤要为人民；

汇入沧海万里流，

源头活水千年井^②。

草于瑞金 2015年6月

| 注释 |

① 瑞金是一个红色与绿色并存的城市，不仅是红色故都、共和国摇篮、苏区时期党中央驻地、中华苏维埃共和国临时中央政府诞生地，更是举世著名的云石山中央红军二万五千里长征的出发地。

② 瑞金红井，于苏区时期，毛泽东亲自带领干部群众一起开挖，不仅是一口井，更是当时党和苏维埃政府密切联系群众、解决群众生活困难的历史见证。沙洲坝是一个干旱缺水的村庄，1933年9月的一天，毛泽东带领几个红军战士在村前几十米的地方进行了水源的勘探，并破土动工。群众见毛主席在亲自开挖水井，也纷纷带着工具一起动手，在挖到5米深的地方，一股泉水喷涌而出。井挖好后，用卵石砌成。此后，沙洲坝村的村民纷纷开挖水井，村民们的喝水问题终于得到了解决。1950年，瑞金人民为迎接中央南方老根据地慰问团的到来，维修了这口井并给其取名为"红井"，同时，在井旁立了一块木牌，书写着"吃水不忘挖井人，时刻想念毛主席"，以示沙洲人民对毛主席的感激和怀念之情。后将木牌改为石碑。

岳麓书院[①]

| 题记 |

也不知去过岳麓书院多少次，每次都有不同的感悟。岳麓书院，千年延绵，博大精深，堪称教育史上一绝。近日重访，不胜感慨。

千年学府乐，

弦歌不绝声；

湘理乃此觞[②]，

楚材于斯盛[③]；

尚畴又二杰[④]，

爱晚独一亭[⑤]；

书院何其多，

岳麓集大成。

作于岳麓山 2012年1月

| 注释 |

①岳麓书院位于岳麓山东麓，始建于北宋太平兴国元年(976)，为我国宋朝四大书院之冠，为宋明理学著名书院。

②岳麓书院将湖湘理学文化发扬光大。

③书院大门悬挂的"惟楚有材，于斯为盛"的对联，彰显着湘人尤其是岳麓书院哲人大儒们的文化自信。

④二杰：朱熹、张栻，湖湘学派的杰出代表人物。

⑤爱晚亭位于湖南省岳麓山下清风峡中，亭坐西向东，三面环山。原名红叶亭，后根据唐代诗人杜牧《山行》中的"停车坐爱枫林晚，霜叶红于二月花"诗句改名爱晚亭。

游学醉翁亭

——现代职业教育理论体系专题研讨会记

| 题记 |

　　为推进中国现代职业教育理论体系的建设与创新，2014年6月27日，"国家现代职业教育理论体系：概念、范畴、逻辑"专题研讨会在我的主持下，于琅琊山麓的醉翁亭隆重召开。

仲夏梅雨入皖东^①，　意在山水画英雄；
八径环亭颂一记^②，　九曲流觞吟两盅；
探经察纬界范畴，　谈道论法定体统；
欲寻真理何处有，　贤聚琅琊^③问醉翁。

作于安徽滁州琅琊山醉翁亭
2014年6月27日

| 注释 |

　　① 皖东：安徽省滁州市。

　　② 一记：指《醉翁亭记》，是北宋文学家欧阳修创作的一篇散文，出自《欧阳文忠公文集》。全文贯穿一个"乐"字，其中包含着较复杂曲折的内容：一则暗示出一个封建地方长官能"与民同乐"的情怀，一则在寄情山水背后隐藏着难言的苦衷。

　　③ 琅琊：琅琊山。

凤凰古城①

| 题记 |

　　2011年7月19日，各地研究生齐聚长沙，举办周门十年庆。大家畅谈学习经历和经验，感受重逢的喜悦，了解湖南农业大学的人文地理。次日，大家相约凤凰古城。

凤凰②飞落边城柳，
沱江③逶迤那山流；
笑语时传浣纱女，
轻波已过乌篷舟；
水中吊脚青如染，
树梢玄兔淡若浮；
守住繁华千年静，
耐得寂寞万事休。

于凤凰2011年7月

| 注释 |

　　①凤凰古城，位于湖南省湘西土家族苗族自治州的西南部，土地总面积约10平方千米。2010年年底约5万人口，由苗族、汉族、土家族等28个民族组成，为典型的少数民族聚居区。凤凰古城，建于清康熙四十三年（1704），曾被新西兰作家路易·艾黎称赞为中国最美丽的小城，与云南丽江古城、山西平遥古城媲美，享有"北平遥，南凤凰"之名。

　　②凤凰，亦作"凤皇"，古代传说中的百鸟之王。雄的称"凤"，雌的称"凰"，总称为凤凰，亦称为丹鸟、火鸟、鹍鸡、威凤等。常用来代表祥瑞，凤凰齐飞，是吉祥和谐的象征，自古就是中国文化的重要元素。

　　③沱江是古城凤凰的母亲河，两岸是已有百年历史的土家吊脚楼，顺水而下，穿过虹桥便是万寿宫、万名塔、夺翠楼。沱江的南岸是古城墙，由紫红沙石砌成。城墙有东、北两座城楼。沱江河水清澈，城墙边的河道很浅，水流悠游缓和，可以看到柔波里招摇的水草。沿沱江边而建的、位于东门虹桥和北门跳岩附近的吊脚楼群，细脚伶仃地立在沱江里，似一幅韵味颇浓的山水画。

| 与众门生同游凤凰古城 |

游纯溪小镇^①

| 题记 |

　　2017年国庆节，与孙焕良教授、胡义秋教授和王丹博士共四家，同游纯溪小镇，沐浴山水，畅谈友情，赏斑竹泪下，观奇峰雾绕，吟诗一首。

夜宿连云^②何事牵，

群山翠竹枕无眠；

层林半染红拂绿，

庭院全涸云拌烟；

阵阵涛声彻眉宇，

潺潺溪语洗心田；

把盏最数佳节夜，

更乘月光看山岩。

| 注释 |

　　① 纯溪小镇景区位于平江县连云山，是集娱乐、餐饮、休闲度假、户外运动等于一体的大型综合性景区。

　　② 连云山古名纯山，西南方起于湖南省浏阳市的西北部，腹地在岳阳市的平江县南部献冲乡南部的连云村，经江西省铜鼓县北部，东北方直达修水县西部。腹地设有大围山国家森林公园。

岳阳楼①游
——同安娜、高涵、李嘉丽、罗亦周登临岳阳楼

巴陵②慕名久，君山今日游；
古木蔽炎日，问道老君酒；
洞庭③长烟水，岳阳皓月楼；
寻记望仙阁④，遥寄天下忧。

于岳阳2014年8月

| 注释 |

①岳阳楼：岳阳楼位于湖南省岳阳市古城西门城墙之上，下瞰洞庭，前望君山，自古有"洞庭天下水，岳阳天下楼"之美誉，与湖北武汉黄鹤楼、江西南昌滕王阁并称为"江南三大名楼"。1988年1月被国务院确定为全国重点文物保护单位。

②巴陵：巴陵古城，即今湖南省岳阳市岳阳县。位于湖南省东北部，东接湖北省通城县，东南连平江县，南抵汩罗市，西南以湖洲与沅江市、南县交界，西与华容县、君山区毗邻，北与临湘市、云溪区、岳阳楼区、君山区接壤。

③洞庭（湖）：古称云梦、九江和重湖，处于长江中游荆江南岸，跨岳阳、汩罗、湘阴、望城、益阳、沅江、汉寿、常德、津市、安乡和南县等县市。洞庭湖之名，始于春秋、战国时期，因湖中洞庭山（即今君山）而得名。洞庭湖北纳长江的松滋、太平、藕池、调弦四水，南和西接湘、资、沅、澧四水及汩罗江等小支流，由岳阳市城陵矶注入长江。

④望仙阁：位于杭州中山南路美食街北口、鼓楼南侧，毗邻中河高架桥，是一座仿古塔楼。

曾国藩故居

| 题记 |

　　2015年6月与教育学院刘明良书记赴娄底卫生学校讲学，顺道参观双峰曾国藩故居。这里优美的环境、浓厚的人文，尤其是曾国藩的富厚学给我留下深刻印象。突发灵感，当场给广州轻工叶俊峰校长打电话，将其校歌中的"崇技能尚人文"改为"富技能厚人文"。

湘南双峰曾文正①，

晚清中兴四名臣②；

八本家训③兴家业，

富厚学问励国人；

立德立功且立言，

有志有识亦有恒；

虽然诟病破天京，

是非曲直待首肯。

于娄底2015年6月

| 注释 |

　　① 曾文正：曾国藩（1811—1872），汉族，初名子城，字伯涵，号涤生，宗圣曾子七十世孙。中国近代政治家、战略家、理学家、文学家，湘军的创立者和统帅。与胡林翼并称"曾胡"，与李鸿章、左宗棠、张之洞并称"晚清中兴四大名臣"。官至两江总督、直隶总督、武英殿大学士，封一等毅勇侯，谥号"文正"，后世称"曾文正"。

　　②晚清中兴四名臣:曾国藩、左宗棠、李鸿章、张之洞。

　　③ 八本家训：读古书以训诂为本，作诗文以声调为本，事亲以得欢心为本，养生以少恼怒为本，立身以不妄语为本，居家以不晏起为本，居官以不要钱为本，行军以不扰民为本。

| 与湖南科技学院张俭民教授访柳子庙 |

访柳子庙

| 题记 |

2015年我带本科生到永州蓝山县职业学校实习，来到仰慕已久的柳子庙①，在湖南科技学院张俭民师弟的陪同下，顺着柳宗元②的文章，寻找那潭、那丘、那江、那记……

千里一谪潇水月，
十年独钓寒江雪③；
零陵九生咏两潭④，
永州八记⑤吟三绝⑥。

于永州2015年9月

| 注释 |

① 柳子庙坐落在永州潇水之西的柳子街上，始建于北宋仁宗至和三年（1056），永州人民为纪念唐宋八大家之一的柳宗元筑建。2001年6月25日，柳子庙作为清代古建筑，被国务院批准列入第五批全国重点文物保护单位名单。

② 柳宗元（773—819），字子厚，世称"柳河东"，因官终柳州刺史，又称"柳柳州"。唐代文学家、哲学家、散文家和思想家，与韩愈并称为"韩柳"，与刘禹锡并称"刘柳"，与王维、孟浩然、韦应物并称"王孟韦柳"，与唐代的韩愈、柳宗元和宋代的欧阳修、苏轼、苏洵、苏辙、王安石、曾巩并称唐宋八大家。

③《江雪》山水诗：千山鸟飞绝，万径人踪灭。孤舟蓑笠翁，独钓寒江雪。

④ 两潭：即《钴鉧潭记》《小石潭记》。

⑤ 永州八记：《始得西山宴游记》《钴鉧潭记》《钴鉧潭西小丘记》《小石潭记》《袁家渴记》《石渠记》《石涧记》与《小石城山记》。

⑥ 三绝：正殿后墙的石碑，亦是三绝碑，碑文为韩愈所撰，由苏轼书写，内容却是颂扬柳宗元的事迹。此碑首句为"荔枝丹兮焦黄"，故又名荔枝碑。

龙井故里^①游——三游记之一

| 题记 |

　　乙未年丙戌月，余与妻、子自长沙北上，约陈建华、马庆发、谭明等诸兄弟携家眷游历浙江。唐林伟、刘晓两弟子一路陪伴。虽短短二日，却纵横驰骋八百里，上下览尽三千年。龙坞村中煮酒论诗，富春江畔赏景怀古，西施故里阅美揽胜。不胜唏嘘，遂作诗三首，以记之，感之，怀之。

烟雨十月上杭州，夜话西山村坞头；

听风赏雾画亦戚，煮酒品茶诗不休；

坐地龙井千里绿，仰天峰竹万丈流；

遥望乾隆再江南，借问西湖^②何时秋。

于娄底2015年6月

| 作者与华东师范大学马庆发教授、《职教通讯》谭明社长在绍兴 |

| 注释 |

①龙井故里：龙井茶产于浙江杭州西湖一带，由古代茶农创制于宋代，已有一千二百余年历史。

②西湖：位于浙江省杭州市西面，是中国首批国家重点风景名胜区和中国十大风景名胜之一。西湖三面环山，面积约6.39平方千米，东西宽约2.8千米，南北长约3.2千米，绕湖一周近15千米。湖面被孤山、白堤、苏堤、杨公堤分隔，按面积大小分别为外西湖、西里湖、北里湖、小南湖及岳湖等五片水面，苏堤、白堤越过湖面，小瀛洲、湖心亭、阮公墩三个小岛鼎立于外西湖湖心，夕照山的雷峰塔与宝石山的保俶塔隔湖相映，由此形成了"一山、二塔、三岛、三堤、五湖"的基本格局。

孙权故里①游——三游记之二

群岭万壑水未央，轻舟十里过钱塘②。

富村山居分两岸，烟雨峰林共一江。

文坛怪杰郁达夫③，画苑宗师黄公望④。

孙权故里人已去，留得阳春更和祥。

| 注释 |

　①孙权故里：孙权故居位于富阳市龙门古镇自然村。自然村6000余人口中，90%是孙权后裔，是我国孙权后裔最大集聚地。龙门古镇至今保存着为数众多的明清古建筑，有祠堂2座、厅屋56座，其中保存较为完好的古建筑有孙氏宗祠、山乐堂、义门、百狮厅等。

　②钱塘：钱塘县是中国浙江省杭州地区历史上的一个旧县名。公元前222年，秦始皇设置钱唐县，隶属于会稽郡（郡治在今苏州市）。隋朝置杭州，钱唐县成为首县。直至唐朝，为避国号讳，改钱唐为钱塘。钱塘江，古称浙，全名"浙江"，又名"折江"、"之江"、"罗刹江"，通常浙江富阳段称为富春江，浙江下游杭州段称为钱塘江，是吴越文化的主要发源地之一。

　③郁达夫（1896—1945），男，原名郁文，字达夫，幼名阿凤，浙江富阳人，中国现代作家、革命烈士，新文学团体"创造社"的发起人之一，是一位为抗日救国而殉难的爱国主义作家。

　④黄公望（1269—1354），本名陆坚，字子久，号一峰，江浙行省常熟县人，元代画家。后过继永嘉府平阳县（今浙江苍南县）黄氏为子，居于虞山，因改姓黄，名公望。中年当过都察院掾吏，后皈依"全教"，别号大痴道人，在江浙一带卖卜。

西施故里①游——三游记之三

诸暨苎萝山②，吴越浣纱女。

东施且效颦③，陶公却沉鱼。

勾践卧心剑，夷光尝胆与。④

男儿鸿鹄志，红粉岂能许。

作于浙江诸暨
2015年10月7日

| 附 |

【 龙井吟 】

陈建华

细雨轻沾衣，山色空蒙灰；
呼朋吃茶去，龙坞夜忘归。

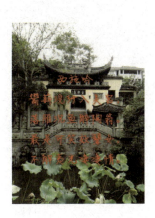

| 注释 |

①西施故里：浙江诸暨。

②苎萝山：西施的出生地。

③东施且效颦：见成语"东施效颦"，最早出自《庄子·天运》："西施病心而颦其里，其里之丑人见而美之，归亦捧心而颦其里。其里之富人见之，坚闭门而不出；贫人见之，挈妻子而去之走。彼知颦美，而不知颦之所以美。"

④勾践卧心剑，夷光尝胆与：越王卧薪尝胆，几年后，苍天不负有心人，"三千越甲可吞吴"的佳话才流传开来。

乐佛

| 题记 |

　2016年8月4日，同清德、亦周登临乐山①，仰望大佛。远眺青衣江②、大渡河③与岷江④，东流争急；近视凌云殿⑤，乐山大佛⑥慈悲与宁静。浮想成篇。

峨眉⑦天下秀，
凌云梁上萦；
三江⑧东流急，
一佛⑨西来静；
悬壶⑩目岸齐，
济世腹中行；
端坐千秋柱，
慈悲万代擎。

于乐山2016年8月5日

| 注释 |

① 乐山：乐山位于四川盆地西南部，坐落在岷江、青衣江、大渡河三江交汇处，北与眉山接壤，东与自贡、宜宾毗邻，南与凉山相接，西与雅安连界，中心城区距成都双流国际机场仅100公里，是成都平原南部的中心城市。

② 青衣江：长江支流岷江支流大渡河支流，主源为宝兴河，发源于邛崃山脉巴朗山与夹金山之间的蜀西营（海拔高达4930米），流经宝兴，在飞仙关处与天全河、荥经河汇合，始称青衣江，经雅安、洪雅、夹江于乐山草鞋渡处汇入大渡河。

③ 大渡河：位于四川省中西部，历史上被视为中国长江支流岷江的最大支流，但从河源学上应为岷江正源。

④ 岷江：长江上游的重要支流，是成都平原最重要的水资源，历史上以都江堰为代表的灌溉工程造就了"天府之国"。

⑤ 凌云殿：位于福建省莆田壶公山南面的山腰上，是莆田的道教圣地。宋代时被称为灵云岩。明初辟建灵云殿，主祀玉皇大帝，嘉靖六年（1527）改为凌云殿。

⑥ 乐山大佛：又名凌云大佛，位于四川省乐山市南岷江东岸凌云寺侧，濒大渡河、青衣江和岷江三江汇流处。大佛为弥勒佛坐像，通高71米，是中国最大的摩崖石刻造像。

⑦ 峨眉：峨眉山位于四川省乐山市峨眉山市境内，是中国"四大佛教名山"之一，地势陡峭，风景秀丽，素有"峨眉天下秀"之称。山上的万佛顶最高，海拔3099米，高出峨眉平原2700多米。《峨眉郡志》云："云鬟凝翠，鬓黛遥妆，真如螓首蛾眉，细而长，美而艳也，故名峨眉山。"

⑧ 三江：文中指青衣江、大渡河、岷江。

⑨ 一佛：文中指乐山大佛。

⑩ 悬壶：中医术语，指救人之术。

| 附手稿 |

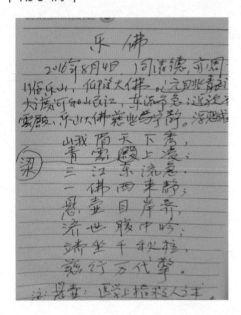

韭菜花开——威宁①行之一

为赫章②彝族③火把节而歌

来吧，来吧！
韭菜花开；
香了山坳，醉了云雀，
把你的相思带来。

来吧，来吧！
火把满寨；
燃了脸庞，亮了胸膛，
把你的快乐带来。

来吧，来吧！
夜郎尚在；
阔了地平，满了金银，
把你的自信带来。

来吧，来吧！
心聚云海；
融了南北，和了彝汉，
把你的情怀带来。

| 注释 |

①威宁：指威宁彝族回族苗族自治县，是贵州省面积最大的民族自治县，毕节地区辖县。位于省境西北部，北、西、南三面与云南省毗连。面积6295平方公里，人口109.42万，其中彝、回、苗等少数民族占总人口24.3%，其县府驻城关镇。

②赫章：赫章县，隶属贵州毕节市，位于贵州省西北部乌江北源六冲河和南源三岔河上游的滇东高原向黔中山地丘陵过渡的乌蒙山区倾斜地带。

③彝族：是中国第六大少数民族，民族语言为彝语，属汉藏语系藏缅语族彝语支。主要分布在滇、川、黔、桂四省（区）的高原与沿海丘陵之间，主要聚集在楚雄、红河、凉山、毕节、六盘水和安顺等地。凉山彝族自治州是全国最大的彝族聚居区。

贵州行——威宁行之二

三言①两语②说，贵州亦圣境。
黔驴正技富，夜郎当自信。
赤水四渡过，娄山八角亭③。
火把遵义④接，磅礴乌蒙行。

| 注释 |

①三言：指世人所说的三句话，即贵阳"天无三日晴，地无三尺平，人无三两银"。

②两语：指两个成语，即"黔驴技穷"和"夜郎自大"。

③八角亭：指毛主席在井冈山八角亭的思想在娄山得以实现。

④遵义：位于贵州省北部，1935年，中国共产党在遵义召开的著名的"遵义会议"成为了党的生死攸关的转折点，因此遵义被称为"转折之城，会议之都"。

火把节^①——威宁行之三

韭花天上开，屋脊云中耸；
鼓角迎亲友，米酒款宾朋；
长桌千年宴，篝火万代红；
彝山圣火情，夜郎民族风。

于贵州威宁2016年8月

| 注释 |

①火把节：火把节是彝、白、纳西、基诺、拉祜等民族的古老而重要的传统节日，有着深厚的民俗文化内涵，蜚声海内外，被称为"东方的狂欢节"。

婺源游

| 题记 |

　　2017年4月4日清明节，应弟子唐林伟和其夫人付英琪之邀，余携家人赴江西婺源踏青。一壶河南老酒，两家师生情谊，不由得想到陶渊明的一句诗：采菊东篱下，悠然见南山。于是欣然作诗一首。

远山平林萦婺源①，

云霞黄海梯②见田；

小桥流水赣人家，

老树落花徽屋檐③；

竹排艄公走江中，

淘洗村姑傍溪边；

莫问乡里宁几许，

更欲不眠起愁烟。④

于婺源2017年4月

| 注释 |

　　① 婺源县，古徽州一府六县之一，今属江西省上饶市下辖县。位于江西省东北部，赣、浙、皖三省交界处，是全国著名的文化与生态旅游县，形成"远山平林村落、小桥流水人家"的景观特色，被外界誉为"中国最美的乡村"。

　　②指高空赏菜花，层层花海梯田。

　　③古街景像中奇特的是"赣人家"住的是"徽屋檐"，体现了民族的融合。

　　④美丽的田园风光无不勾起我的乡愁啊！

-182-

景德^①行

| 题记 |

　　2017年4月4日清明节，应弟子唐林伟和夫人付英琪之邀，余与家人赴江西婺源踏青。一壶河南老酒，两家师生情谊。不由地想到陶渊明的一句诗：采菊东篱下，悠然见南山。欣然作诗《婺源游》。尔后又至天下瓷都景德镇，游览了陶瓷文化博物馆和陶瓷市场。有感而发，又作一首。

江南雄偶小镇古，

华夏大地名瓷都；

满城陶器半城窑，

千年薪火百年炉；

玲珑巧手夺天工，

剔透匠心向玄兔^②；

釉下五彩今何在？

一缕青烟作乡土。

于江西景德镇2017年4月

| 注释 |

　　① 景德：在中国南方有一个千年古镇，它的名字是一个皇帝的年号，它出产一种美轮美奂宛如珍宝的贡品，这就是景德镇。景德镇为之骄傲与自豪的瓷器，"明如镜，薄如纸，声如磬"的独特风格蜚声海内外。郭沫若赞美其为"中华向号瓷之国，瓷业高峰是此都"。

　　② 玄兔：月亮。意"匠心向明月"。

寻访孟郊[①]祠

| 题记 |

　　2017年5月，余与弟子唐林伟、高涵和田泽兰等赴浙江德清职业中专考察，不顾车马劳顿，在雨中寻访了孟郊祠。

千里总觉迟，

雨中东野祠；

韩孟[②]词相当，

苦吟[③]著称世；

一曲游子吟[④]，

屡湿慈母衣；

天下可怜心，

谁懂其中俟。[⑤]

于浙江德清
2017年5月

| 注释 |

　　①孟郊（751—815），唐代著名诗人，字东野，湖州武康(今浙江德清县)人。

　　②韩孟：孟郊与韩愈齐名，世称"韩孟"。

　　③他是有名的"苦吟诗人"，诗境愁苦冷涩，古朴凝重，避熟避俗，险奇艰涩，精思苦吟。

　　④游子吟：慈母手中线，游子身上衣。临行密密缝，意恐迟迟归。谁言寸草心，报得三春晖。

　　⑤俟：等待。

登临黄崖关

| 题记 |

恰逢八一建军节，约好友何文章教授、弟子王良登上天津黄崖关长城①。聆听古今，放眼山河。

久有好汉志，登临黄崖关；
旌楼耸山壑，烽火接云天；
遥闻铁马急，纵览金戈挽；
御敌千里外，国门须如盘。

于天津黄崖关
2017年8月1日建军节

| 注释 |

①黄崖关长城:位于在蓟州区北28公里的崇山峻岭之中。历史上，蓟州城共有守营墩台十八座，黄崖关为其一，也是最为重要的关隘。始建于公元556年，明代名将戚继光任蓟镇总兵时，曾重新设计、维修。黄崖关长城是明代蓟镇长城的重要关隘。

荀子^①（一）

题记

　　2017年8月12日，与周先进教授一同赴山东兰陵县兰陵镇参加荀子礼乐大典，登高望远，灰宏典雅，稷下治学，最为老师。

兰陵美酒^②依然香，
中华礼乐祭荀况。
登高礼规亦理政，
望远法制更安邦。
三治稷下^③尊老师^④，
一篇劝学励文章。
性善性恶^⑤乃青蓝，
何必皂白^⑥独滥觞。

2011年7月于凤凰

注释

　　①荀子(约公元前313—238)，名况，字卿，战国末期赵国人。著名思想家、文学家、政治家。

　　②出自于李白《客中行》："兰陵美酒郁金香，玉碗盛来琥珀光。但使主人能醉客，不知何处是他乡。"

　　③三治稷下：荀子曾多次担任过稷下学宫的"祭酒"(学宫之长)。

　　④公元前279年，田单复国后，齐襄王即位，恢复齐国国力，复建稷下学宫，荀子也重新回到了齐国。此时，稷下学宫众先生中，学识最渊博、年龄最为适宜的就是荀子，于是，他顺理成章地"最为老师"，"三为祭酒"，"聚人徒，立师学"。

　　⑤战国末期思想家荀子所倡导的"性恶论"是古代人性论的重要学说之一，与孟子的"性善论"相反，性恶论认为"恶"是人的本性中所与天俱来的。但性恶论并不是对人性的否认，它以人性有恶，强调道德教育的必要性，强调"人为"的重要性，所以"性恶论"对人性的鼓励和肯定是不可忽视的。

　　⑥皂白，指黑色和白色，引喻为正确与谬误，出自《诗·大雅·桑柔》。如"不分青红皂白"。

　　七、八句可意为：孔子是性善论，荀子是性恶论，因此受到诸多诟病。人性善性恶的问题是青出于蓝而胜于蓝的学术问题，应该百花齐放，何必分得那么清楚，扼杀一种观点助长另一种观点，让其中的一种独大呢！

作者与山东省职业技术教育师资培训中心主任艾修俊（右）、兰陵县教体局副局长兼临沂市职业中专校长苗全盛（左）

荀子（二）

三为稷酒始称师，
一篇劝学①终呼生；
性善性恶乃学术，
不须盖论苟后人。

2017年8月12日于山东兰陵

| 注释 |

① 指名篇《劝学》。在有名的《劝学篇》中，荀子集中论述了他关于学习的见解。文中强调"学"的重要性，认为博学并时常检查、反省自己则能"知明而行无过"。同时指出学习必须联系实际，学以致用，学习态度应当精诚专一，坚持不懈。他非常重视教师在教学中的地位和作用，认为国家要兴旺，就必须看重教师。同时对教师提出严格要求，认为教师如果不给学生做出榜样，学生是不能躬行实践的。

瞻杜甫墓祠

| 题记 |

　　杜甫晚年穷困潦倒，代宗大历三年(768)，全家经今湖北入湖南，沂沅湘以登衡山，溯湘江而上，大历五年(770)继向郴州探亲，因耒水暴涨遇阻，寓居耒邑，耒阳聂令礼为上宾。是年，甫因贫病交加，费资用尽，只得溯汨罗江往昌江县（今平江）投友求医，不幸病逝于破船上，葬于平江县南天井湖（今大桥乡小田村）。被国家文物局主编的《中国名胜词典》认定为全国唯一杜甫墓葬，被当地命名为"诗圣留踪"。国庆节与孙焕良教授同瞻了"杜甫墓祠"，触景生情，感慨万分。原来我从小崇拜的诗圣就在此地。

一世诗圣小田藏，

名祠千古李杜①章；

胸怀国事任长安，

心系苍生谪草堂②；

工仗乐府刻无痕，

顿挫吏别咽有锵③；

轻舟孤影漂泊下，

共与屈原汨罗江。

2017年1月2日

| 注释 |

　　①李白和杜甫，史称"李杜"。
　　②指成都的"杜甫草堂"。
　　③乐府指杜甫的乐府诗，吏别指"三吏"、"三别"。

访蔡侯祠

| 题记 |

　　苏联苏赫曼教授在其所著《造纸学》一书指出："中国蔡伦在1800多年前，发明了纸。其他任何发明，对于世界文化的促进，都不能和纸相提并论。"

　　2017年10月25日，余与胡义秋教授、聂清德博士和李欢、荆婷、李嘉丽三位研究生赴蔡伦故乡——耒阳调研乡村工匠现状，特至蔡侯祠和纸博物馆参观，感受四大发明之一"造纸术"的文明成果。

五岭耒阳蔡侯祠[①]，

缣帛[②]造意圣故里；

植物纤丝织赫蹄[③]，

书画文字添锦衣；

方寸布棋盖文章，

舒卷宣情且历史；

四大发明奠基业，

大国工匠铸重器。

2017年10月25日

① 蔡侯祠是东汉龙亭侯蔡伦的祠庙。蔡伦（61—121）字敬仲，东汉宦官，以中常侍亲掌尚方令期间，所属工坊以树皮等廉价材料造纸成功。蔡伦献造纸方于汉和帝，令全国"莫不从用焉"，对世界文明史影响深远。

② 中国古代以丝织品为记录知识的载体，一般称为帛书，也有人称为缯书；因其色白，故又称之为素书。缣帛柔软轻便，幅面宽广，宜于画图。缣帛文献约起源于春秋时代，盛行于两汉。

③ 纸的别称。《安徽文房四宝史》："简牍只流行了一个时期，便逐渐为蚕丝织成的'帛'所代替。因此战国时期'竹木简'和'帛'就同时并用。由于简牍太重，缣帛价太贵，后来终于发明了代替'缣帛'与'竹木简'的纸——'赫蹄'。"

从传统技能大师向"技能博士"转型

2012年9月17日　惠州日报　专版　　　　　　　　字号：T | **T**

湖南农业大学科技师范学院教授周明星。

　　培养技术工人中的"博士"是对新时期技师学院发展的新要求、是技师学院人才培养的新高度——从传统的技能大师向"技能博士"转型。"技能博士"即具有某种特殊学位的、针对职业或者是专业里技能水准最高者，目前已经有"本科+技师"、"硕士+技师"等特殊类型人才，我个人认为"博士+技师"比较符合技术工人中的"博士"的内涵。

　　技术工人中的"博士"概念的提出，是落实国家人才战略发展的需要。实现这一目标：一是理论认知上的突破，突破对高技能人才内涵的认识，突破技师学院能否培养技术工人中的"博士"的观念，只要体制得当，通过政府推动，是可以培养的；二是学位制度上的突破，专门设立技能博士或者职业博士。

　　同时，提出四条建议：一是将问题转化为课题，将培养技术工人中的"博士"作为课题进行研究，形成系统的、有价值的方案；二是将议案转化为方案，通过几轮讨论后形成系统的《关于技师学院设置和示范技能博士的试行方案》；三是将脑动变为行动，将方案进行论证后上报，取得同意开始试点，如与企业联合、建立博士后工作站，与高校联合、建立专业博士点；四是将体制转化为机制，借鉴天津职业技术师范大学双基地、双导师、双证书的模式，形成人才培养的机制。

卷六

学园吟

湖南农业大学办学始于1903年10月8日创办的修业学堂，是一所以农科为特色、多学科协调发展的教学研究型大学。学校坐落在中国历史文化名城长沙，占地面积3400亩，环境幽雅，空气清新，是读书治学的理想园地。古希腊把大学称为『学园』，这里的学子把湖南农业大学称为『逸园』。学院美不胜收，形成十大景观，简称『学园十景』，即逸苑觅径、红楼寻根、五牛奋蹄、叩门问道、丹桂争妍、寸草春晖、枫火染秋、灵泉映月、浏阳唱晚、荷塘遐思。

| 参加肖化柱博士论文答辩，与学校党委书记周清明教授、副校长陈岳堂教授、公法院院长李燕凌教授合影 | 作者与湖南农业大学符少辉校长合影 |

逸苑觅径

百年修业①大学堂，
五谷丰登著逸苑②；
一河二井三寸湖③，
七路④六楼⑤半亭轩⑥。

2017年8月8日于湖南农业大学

| 注释 |

　　①百年修业：湖南农业大学办学起始于1903年10月8日创办的修业学堂，历经湖南省私立修业高级农业职业学校、湖南省立修业农林专科学校、湖南农学院等阶段。1951年3月，湖南省立修业农林专科学校与湖南大学农业学院合并组建为湖南农学院，同年11月毛泽东主席亲笔题写校名。1978年开始招收硕士研究生，1987年开始招收博士研究生。1994年3月更名为湖南农业大学。

　　②逸苑：指湖南农业大学，这里环境优美，人才辈出。

　　③一河二井三寸湖：指浏阳河，老龙井和东沙古井，寸草湖、谷湖和园林湖。

　　④七路：指丹桂路、神龙路、玉兰路、奋勉路、求实路、修业路、科教路。

　　⑤六楼：第一教学楼（红楼）、思源馆、文渊馆、生命科学楼、求索楼和图书馆。

　　⑥半亭轩：指碧荷轩。

红楼寻根①

红装映丹霞，旭日耀绿茵；
逸苑枝叶繁，学府百年根。

| 注释 |

①第一教学楼：农大最古老的教学楼之一，被称为湖南农业大学的根，其建筑以砖红色的墙体为特色，别致典雅。校徽设计将湖南农业大学最有代表性的第一教学楼，采用图形简化的方式进行创新设计，代表农大辉煌的历史和深厚的文化底蕴。

五牛奋蹄^①

万千风流物，百年修业荫；
五牛^②自奋蹄，一壶在冰心。^③

| 注释 |

① 修业广场：湖南农业大学办学起始于1903年10月8日创办的修业学堂，修业广场因此得名。

② 五牛："紫铜五牛雕塑"坐落在修业广场，是由校友捐资制作，向学校本科办学六十周年校庆进献的礼物之一。该雕塑代表我校求真务实、奋勇前进、俯首甘为孺子牛的精神面貌。

③ 一壶在冰心：是著名诗人王昌龄所著的送别诗《芙蓉楼送辛渐》中的一句："一片冰心在玉壶。"冰在玉壶之中，比喻人的清廉正直。

叩门问道

**伟人题天道^①，龙门蠹岭秀；
始终勿蹉跎，进出乃春秋。**

| 注释 |

①1951年3月9日，湖南省立修业农林专科
学校与湖南大学农业学院合并组建为湖南农学
院，同年11月毛泽东主席亲笔题写校名。1994
年3月，国家教育委员会批准更名为湖南农业
农业大学。该校门为学校标志。

丹桂争妍^①

小径独徘徊，丹桂金秋妍；
叶落成泥尘，香黏却依然。^②

| 注释 |

①丹桂路：校史馆，思源馆（第一代图书馆），第一、二教学楼，文渊馆（第二代图书馆），行政楼，生命科学楼分别立于丹桂路左右两旁，八月桂花香，花朵颜色橙黄，气味浓郁。桂花发于秋，古人又常用它来赞喻秋试及第者，称登科为"折桂"。

②源于南宋诗人陆游的《卜算子·咏梅》中有"零落成泥碾作尘，只有香如故"。

寸草春晖①

花开乱②莺啼，草长蜻蜓飞；
下蹊十年醒，桃李一日醉。③

| 注释 |

① 寸草湖是我校最美丽的湖之一。取名源于孟郊《游子吟》中
"谁言寸草心，报得三春晖"，寓意深远。湖水周围绿草如茵，奇
石林立，树木种类繁多。寸草亭位于寸草湖中心位置，在亭中可以览
遍寸草湖全景。无论春夏秋冬，寸草湖都别有一番韵味。寸草湖因校
友捐建的寸草亭而得名，有校友感恩母校的寓意。

②乱：指新生初到农大，校园大而美，不知从哪里看起……

③取自《史记·李将军列传》："桃李不言，下自成蹊。"

枫火染秋^①

黄花伤寂晚，孤灯素卷秋；
踟蹰正难遣，却见枫火稠。

| 注释 |

① 红枫路是农大著名景点之一，紧邻图书馆和第九教学楼。在金秋九月，红枫伴着微风，翠绿的叶子由金黄到火红，恰红枫似火，胜于二月花。

灵泉映月①

灵泉溪有龙，古井水无沙；
清水出芙蓉，乡愁映月涯。

| 注释 |

①东沙井和老龙井两口老井可追溯到五代十国时期。朱柱飞檐的东沙取水亭色彩绚丽，外观古朴，亭后更设置"水无沙"廉政文化墙，不仅镌刻"为政当思水无沙"七个大字，石刻的廉政名言和故事更是意蕴深长。距离东沙井仅500米的老龙井，同样焕然一新。其出水眼处用麻石修建起"满月"状取水池，池周更有石刻青龙飞跃等壁画，古朴厚重，呼应"老龙井"之名。与此同时，街内还遍种红枫、格桑花等绿植花卉，并随处可见老翁取水、孩童戏水等代表"取水众相"的石雕铜雕作品。

浏阳唱晚①

西去入湘江②，烟波浩浏阳；
斯人日唱晚，不舍九回肠。

作于湖南农业大学十教北419
2017年8月

| 注释 |

　　①浏阳河：湘江的一级支流河，发源于罗霄山脉大围山北麓，有大溪河和小溪河两个源流。又名浏渭河，位于湖南省东部，全长共234.8公里，流域面积4,665平方公里，流经湖南农业大学，此段为浏阳河风光带主景区，树木成林，游人如梭，风光绮丽。

　　②湘江：源于广西壮族自治区兴安县南部白石乡境内海洋山脉的近峰岭，属于长江流域洞庭湖水系，是湖南省最大河流。流经湖南省永州市、衡阳市、株洲市、湘潭市、长沙市，至岳阳市的湘阴县注入长江水系的洞庭湖。湘江干流全长844公里，流域面积94660平方公里。

荷塘遐思

| 题记 |

　　2000年我从荆门引进津门，似有功名。2011年又挥师南下，来到美丽的长沙，来到湖湘文化浓郁的湖南农业大学。湖南农大人文荟萃和田园风光，勾起了作者的诸多往事。时日阴雨连绵，立于碧荷轩办公室，临窗近眺，浮想联翩，有感而发并与在侧汪欢、金胜二弟子论语。

六月淫雨浸芙蓉，

半池荷叶却郁葱；

垂柳清涟所以绿，

湖光摩挲待我功。

作于湖南农业大学碧荷轩207工作室
2011年6月28日

| 与弟子于碧荷轩荷塘前合影 |

仲 夏

| 题记 |

　　每年仲夏是学生毕业季，万千学子离开母校，奔赴工作岗位，放飞自己的理想。别离时，师生依依，情长话短。写于2011级应用心理学一班毕业时，我为该班班主任。

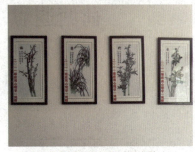
| 四君子画是2011级心理班的谢师礼 |

马坡岭，
浏阳边，
罗裙碧莲天；
晚风拂柳箫声起，
夕阳山外山。

又值仲夏节，
挥手却再见。
待到丹桂飘香①时，
举杯兹逸苑。

作于湖南农业大学
2015年7月

| 注释 |

　　①丹桂飘香：此处采用双关：一指学生功成名就，硕果累累；二指农大一景观特色。

| 2011级心理班同学的毕业合影（作者为该班班主任）|

| 2014级教育班开展户外教育生态讨论课 |

于蓝山县职业中专带本科生实习时为学校题赠锦旗并留影

乡村教师之歌 ①

潺潺溪流，
弯弯山冈；
扎根乡村的教师哟，
散发着泥土的芬芳！

朵朵白云，
阵阵稻香；
感知乡村的教师哟，
囤放着简易的行囊！

串串脚印，
琅琅课堂；
融通乡村的教师哟，
播散着耕耘的力量！

小小学童，
红红脸庞；
热爱乡村的教师哟，
伴随着孩儿的成长！

默默无闻，
句句激荡；
书写乡村的教师哟，
闪耀着耕耘的辉煌！

作于蓝山县职业中专 2015年9月9日

① 周明星、周先进、高涵、聂清德合著的《乡村卓越职教师资培育导论》由湖南师范大学出版社出版。在多年实践的基础上，该著作在国内首次提出了乡村职教卓越师资（乡村工匠之师）培育新模式，即"三界协同、三双共生、三维递进"的"三D"模式。《光明日报》、《中国教育报》和《中国职业技术教育》杂志先后发表了评论，成果获得湖南省省级教学成果奖，在全国产生较大影响。

| 附 |

在湖南农业大学教育学院新生开学典礼会上的发言

金秋送爽，丹桂飘香。很荣幸能作为教师代表在这里发言，也容许我代表教育学院全体老师，欢迎诸位同学来到百年老校——湖南农业大学，来到享有盛誉、居全国农林院校之首、拥有全国首个教育生态学博士点的教育学院，学习并度过人生中极为宝贵的大学生活。借此机会，我想和同学们分享我对大学的理解，从而帮助你们认知大学。

首先，我以为大学是科学的殿堂。大学作为一种学校，始终还保有着学校的某种本质，那就是它乃闲暇之地。然而，闲暇并不意味着饱食终日之后的无所事事，而是给予了我们一种见证出人之自由的可能性；自由也不是随心所欲和胡作非为，而是一种基于自我要求的自作主宰。在这个闲暇之地，作为大学这个学术共同体之主人的学生和教师，能够成就出一种活动，也就是在操心自己的职业和筹划自己的未来之外，能够进行一番关乎科学的活动，亦即一种精神的游戏，它方能化为一种规定人的生活的力量，我们也才能说出：知识就是力量。大学在本质上就不是职业培训场地。因此，大学生要学会读书。学会读专业书，读专业原著名著，读专业杂志，读自己喜欢的书籍。读书、读书、再读书，这是大学生最圣洁的责任和使命！同学们，养成读书的习惯吧，从读书中寻找快乐！

其次，我以为大学是慎思的场所。各位同学都是满怀着理想来到大学的，有些同学认为自己已经实现了自己的理想，而有些同学认为自己的理想还有待实现。但是，真正的理想不但要出乎可靠的东西，还要指向可靠的东西。什么东西才是可靠的呢？70年前，在我们这个民族最为艰难的时候，一位满怀理想却充满困惑的学生问他的老师：究竟什么东西是可靠的？这位老师竟然被这个问题给问住了，一时不能回答。经过几日的慎思后，他告诉那位学生：究竟什么是可靠的，我不知道；但我大致能告诉你什么是不可靠的，那就是：大凡掀起一个时代潮流的东西多半是不可靠的。当下的风尚、大众的意见，乃至父母那未曾实现而欲让你们加以实现的理想，都或多或少是那多半不可靠的时代潮流的样式而已。唯有那经过了自己理性慎思的东西，对自己才是最可靠的。因此，大学生要学会思考。学会从"专业"角度思考问题，有深度地思考；学会从"大学"角度思考问题，有高度地思考。大学期间一定要让自己的思维有一个质的飞跃，这不仅是大学时光也是未来一生发展的核心支柱。同学们，养成思考的习惯吧，从思考中寻找快乐！

第三，我以为大学是坚守的高地。作为人，也总是有着某种兴趣。人只有有了兴趣才能坚守。来到这里的各位同学，有的会说，我很幸运，因为我进入了自己感兴趣的领域；而有的会说，我很不幸，我要面对的是我不感兴趣的东西。兴趣在人的实践活动中具有重要的意义，可以使人集中注意，产生愉快紧张的心理状态。什么是兴趣呢？兴趣指兴致，对事物喜好或关切的情绪。大学生的兴趣的真正意思是：立于自己所要面对的事物中间，坚守在那里，并忍受其逼迫。因此，兴趣在本质上同某种潮流和风尚无关，它绝不是出于某种感性的冲动一会儿入乎其内，一会儿又出乎其外。因此，大学生还要学会坚守。在大学这个知识的海洋，捕捉自己专业的兴趣，维护自己的学术情怀，信仰你那特有的孤独。同学们，养成坚守的习惯吧，在坚守中寻找快乐！

读书是快乐的，慎思是快乐的，坚守更是快乐的，让我们张开热情的双臂拥抱那个属于你们的快乐吧！

谢谢大家。

周明星

2013年9月

庭　院^①

翠竹古樟牵牛花，
森林庭院葡萄架；
千里时光一隙间，
何必苦恋那人家。

作于农大吾家逸苑一号一门
2016年6月16日

| 注释 |

①指作者在湖南农业大学逸苑小区一栋一号小院。图为院里的葡萄和院外的参天古树。

别 离

——写在国培农经一班结业之际

红色故里芙蓉红，
农经一班聚新农[①]；
四方经师举国培，
二十学员合家从；
工场课场运动场，
教功学功基本功；
今朝共习墨子技，
来年同育鲁班龙。

作于湖南农业大学
2012年9月
时任该班班主任[②]

| 注释 |

①新农：湖南农业大学新农大酒店，时为学员住宿地。

② 作者当时为农经一班班主任之一，另一班主任为湖南农业大学王丹老师。

在2013年国家中职骨干教师培训班开班典礼上的发言

尊敬的各位领导、各位教师，亲爱的学员朋友们：

风光洞庭十月客，山水洲城八方情。热烈欢迎全国各地的学员来到"上下求索"的湖南，来到"心忧天下"的湖南，来到"敢换新天"的湖南，更是来到"山清水秀"的湖南，在这富含湖湘文化生态的湖南农业大学参加国家级培训。借此机会，我谨代表参加培训的教师表达我们对本次培训的殷切期望。

第一，一切以学员为本。作为全国职教师资培养培训重点建设基地，我们已按照教育部的统一部署，在湖南农业大学基地领导小组的领导下做好各种教学的准备工作。在此，我谨代表各位培训教师向领导和培训学员承诺：继续弘扬湖南农业大学在全国农林院校首创的"强农兴职"的职业教育历史文化，继续弘扬全国首批职教师资重点建设基地优良职教师资培养培训的优良传统，继续弘扬全国首个教育生态学博士点和优良师资队伍的严谨治学精神，以湖南农业大学职教师资培养培训"三首"精神和"空谈误院、实干兴教"的运作理念，建立现代终身培训学习型组织，以训为本，教学相长，立足前沿，高效务实，使本次培训成为最具知能收获、最具幸福指数的一次教育记忆。

第二，一切以学会为本。各位学员都来自教学第一线，有着丰富的教学经验，很多方面值得我们教师学习。借此机会，我建议各位学员和教师形成学习共同体，进一步升华"四个学会"：一、学会学习的升华。此次培训，我们将了解到当前职业教育最新发展趋势，分享国内外职业教育理论与实践的最新成果；二、学会反思的升华。在学习先进的职业教育理论和优秀的案例过程中，大家应联系本校实际，思考我们做了些什么，有哪些成功的经验，还有哪些不足，今后应该秉持何种教育理念改进我们的教学效能。三、学会交流的升华。发现教学中的现实问题，寻找理论与实践资源，作出充分的论证与变革，进而提升教育教学的境界。四、学会快乐的升华。希望大家在短暂的三个月学习中互相学习，亦师亦友，亦教亦学，用心去感悟培训的意蕴与耕耘的欢乐。

第三，一切以学成为本。秋天是个收获的季节，我们相信，耕耘之后大家一定会有收获：知识的收获，能力的收获，人脉的收获。特别是大家经过合格教师、骨干教师和卓越教师培养历练的收获。养成卓越教师，这既是新形势下对教师的新要求，也是未来教师发展的新方向。无论是现在，还是今后；无论是培训中，还是培训后，母校的老师都愿意以我们微薄之力，帮助大家成就卓越教师。最后，我就借用一句话来与各位同仁共勉吧：成就卓越教师，享受培训幸福！

祝各位学员学习进步，生活愉快，身体健康！

谢谢大家！

周明星

曹妃^①之甸

——北京曹妃甸职教城创业之歌

时任北京曹妃甸职教城现代职业教育研究院院长

千里冬酷梅花艳，
万般春俏曹妃甸。
蓝海三梦惊宫阙，
圆舞四曲叹翩跹。
宜居宜业宜乡愁，
融产融教融尘烟。
海港职教第一城，
银鬓白发岂等闲。

作于曹妃甸发展集团B座604
2016年1月24日

| 注释 |

① 曹妃：李世民率兵跨海东征，随军中有位能歌善舞的妃子曹娴，因军旅之苦，染上重疾离世。李世民下令将船停在滦南县海域的小岛上，厚葬曹妃，并下旨在岛上建三层大殿，内塑曹妃像，赐名曹妃殿。曹妃从此也被人供为海神，可保佑大家出海平安。许多渔民都到此祈拜曹妃，殿内常年香火旺盛，小岛也因此得名为曹妃甸。

| 河北教育厅厅长刘教民（中）、北京曹妃甸职教城有限责任公司总经理姚义纯（左）。
图为作者担任北京曹妃甸职教城现代职业教育研究院院长时赴石家庄汇报工作时留影 |

雅安！雅安！①

| 题记 |

2016年8月1日，于四川省贸易学校为贵州瓮安县职业中专举办"卓越班主任研修班"。雅安因熊猫故里闻名，耸立市中的蒙顶山号称"世界茶源，中国茶都"。

九州共饮岷江水，
华夏同浴蒙顶山；
雅雨雅鱼润雅女②，
茶圣茶都思茶源；
大渡河③畔风犹在，
泸定桥④头啸亦烟；
古日今月总是春，
文唱武和真雅安。

作于四川贸易学校
2016年8月3日

雅安！雅安

2016年8月1日，于四川省贸易学校为贵州瓮安职业中专举办"卓越班主任研修班"。雅安因熊猫故里闻名，号称"世界茶源，中国茶都"的蒙顶山矗立市中。

九州共饮岷江水，
华夏享浴蒙顶山；
雅雨雅鱼润雅女，
茶圣茶都思茶源；
大渡河畔风犹在，
泸定桥头啸亦闲；
古月今月总是春，
文鸣武和真雅安。

① 雅安有"三雅"：雅雨雅鱼雅女

2016年8月3日 于四川经贸

| 注释 |

① 雅安，位于四川盆地西缘、邛崃山东麓，东靠成都、西连甘孜、南界凉山、北接阿坝，距成都仅115公里，素有"川西咽喉"、"西藏门户"、"民族走廊"之称。

②雅安有"三雅"：雅雨、雅鱼与雅女。

③大渡河：位于四川省中西部，历史上被视为中国长江支流岷江的最大支流。

④泸定桥：又称铁索桥，位于四川省泸定县大渡河上，相传康熙帝统一中国后，为加强川藏地区的文化经济交流而御批修建此桥，并在桥头立御碑。该桥始建于1705年，建成于1706年，是中国古代桥梁建筑的杰作，是国务院首批公布的全国重点文物保护单位。

学愁中秋

| 题记 |

　　广东省对外贸易职业技术学校电商专业卓越师资研修时逢2015年中秋，赏月后有感而发。

游学分秋色，他乡存相思；
夫子①湖湘行，伟人②故里知；
火宫③醉彼刻，天灯④闹此时；
明月来年有，团聚应有期。

作于湖南农业大学家中
2015年9月27日晚

| 注释 |

　　① 夫子：此次研修的各位老师。

　　② 伟人：惟楚有材，于斯为盛。古有屈原、贾谊、杜甫、魏源、韩愈、范仲淹、秦观、曾国藩、左宗棠、谭嗣同等，今有毛泽东、蔡锷、黄兴等。他们的思想一直延续至今。

　　③火宫：指火宫殿。过去是一座祭祀火神的庙宇，又名"乾元宫"，始建于清乾隆12年（1747），道光六年（1826）重修，距今已有250余年历史。每年农历6月23日都会举行大规模的祭祀活动。火宫殿是长沙乃至湖南集民俗文化、火庙文化、饮食文化于一体的具有代表性的大众场所，特别是风味小吃享誉三湘。

　　④ 天灯：又叫孔明灯，俗称许愿灯，又称祈天灯，是一种非常古老的手工艺品，在古代多做军事用途，现代人放孔明灯多为祈福之用。相传是由三国时的诸葛亮发明。当年，诸葛亮被围困于平阳，无法派兵出城求救。他算准风向，制成会飘浮的纸灯笼，系上求救的讯息，其后果然脱险，于是后世就称其为孔明灯。

中秋：2017

| 题记 |

　　这是一个孤独的中秋。美婵娟在哪？忙碌的乐趣在哪？无限感慨，无限惆怅。

圆蟾落枝头，

湖边去新稠；

荷支三色叶，

桂瓣四分秋；

亲朋无一字，

匹夫有孤愁；

团聚几时有？

夜下问渔舟。

2017年10月4日

喝火令·重阳

| 题记 |

    又是重阳。廉颇老矣，尚能饭否？从天津至湖南，曾有无限壮志。岁月流逝，却未能如愿，有负谁？

陶醉秋风里，
徘徊浏阳边，
飞扬霜叶动情弦。
意到潇湘洞庭，
心语胜千言。

笔下还真切，
心中已淡然。
几多得失化轻烟。
恐负九九，
恐负茱萸黄，
恐负菊花空瘦，
今夜又缠绵。

2017年10月28日于浏阳河边

南南^①吟

——"云南省玉溪工业财贸学校建设国家
中等职业教育改革发展示范学校战略研讨会"题记

彩云之南^②，
聂耳^③故乡；
岁岁三秋^④，实业学庠，
演奏着改革职教的示范交响。

洞庭之南，
蔡锷^⑤家乡；
悠悠百年，修业^⑥学堂，
高亢着发展职教的文化新唱。

云湖南南，
滇楚之乡；
浓浓血脉，创业共商，
合唱着振兴职教的和谐乐章。

作于湖南农业大学碧荷轩"三D"⑦办公室
2011年11月11日

| 注释 |

①南南：指云南与湖南。

②彩云之南：指云南。

③聂耳：1912年生于云南玉溪，人民音乐家，《国歌》的曲作者。

④三秩：指玉溪工业财贸学校创校三十年有余。

⑤蔡锷：辛亥革命名将，湖南邵阳人，在云南举旗护国闻名。

⑥修业：源于1903年"长沙修业学校"即湖南农业大学源头，修业即职业。

⑦三D：意为"生活要低碳，做人要低调，工作要低压"。

作者与时任湖南农业大学教育学院院长孙焕良教授在广东旅游学校课题的中期推动会上

南南赋

五岭①之南，
中山故乡，
先行先试，百折不挠，
弹奏着技工教育的创新交响；

洞庭之南，
领袖家乡；
忧国忧民，百舸争流，
高亢着农业教育的改革新唱；

湘粤南南，
伟人之乡；
敢为人先，一脉相承，
谱写着职业教育的文化乐章。

作于湖南农业大学碧荷轩"三D"办公室
2012年2月14日

| 注释 |

①五岭：因由越城岭、都庞岭、萌渚岭、骑田岭、大庾岭五座山组成，故得名"五岭"。

湖南·南方十校联盟①纪事一

国家示范校，

南方十联盟；

广州献策计，

长沙议行动；

特色亦擅长，

内涵不与共；

合则一为三，

多赢方和同。

2012年7月

| 注释 |

① 南方十校联盟：南方十校联盟全称为"南方十所
国家中等职业教育改革发展示范学校联盟"，是由积极
投身于国家中等职业教育改革发展示范学校建设的十所
中等职业教育学校自发组织的、不具备法人资格的民间
联谊组织，简称为GN10。联盟成员包括广州市机电高级
技工学校（倡议单位）、海南省工业学校、中山市技师
学院、珠海市高级技工学校、广西理工职业技术学校、
惠州市技师学院、云南省玉溪工业财贸学校、腾冲县第
一职业高级中学、长治高级技工学校、湛江技师学院以
及四川仁寿县第二高级职业中学。2012年6月17日，在湖
南农业大学现代技工教育科学研究中心的组织牵头下，
国家中职示范南方十校联盟成立大会在湖南农业大学胜
利召开。会议商议并决定将"共图（示范大业）、共建
(交流平台)、共享(改革智慧)、共赢(发展成果)"作为联
盟宗旨。作者和华东师范大学马庆发教授被聘为联盟
专家。

云南·南方十校联盟纪事二①

东南西北中，

龙虎②跃腾冲；

经验时趋新，

学术日亦浓；

高端须胜寒；

低处不称雄，

事业虽先后，

精神更可功。

2014年10月

| 注释 |

① 2012年12月19—21日，南方十校联盟第二次会议在云南腾冲空港观光酒店成功召开，云南省八所国家中职示范校观摩了会议。本次联盟会议召开的亮点可以归纳为"八制四性"。"八制"指联盟制、大校制、工场制、乐学制、多元制、校本制、大师制与特产制，"四性"则是突出现代性、示范性、特色性及成长性。

②龙虎：暗指南方十校的实力强大。

海南·南方十校联盟纪事三^①

十巨济海南，
共商国家事；
海涛惊拍岸，
渔歌静抚池；
问计天涯潮，
悟道海角湿；
借问鹿回头？
灯火阑珊里。

2013年7月

| 注释 |

① 第三次"南方十校联盟论坛"于2013年5月9日在海南省工业学校召开，会议的主题为"新标准、新范本、新成果"，并首次有了联盟会议衫。

像树像屋又像湖①

——广州机电快乐文化生态有感

这是一棵快乐树，

快上枝头乐作土；

这是一方文化屋，

文润机电化人初；

这是一泓生态湖，

生在珠江态空谷；

像树像屋又像湖，

国示家范别样路。

2012年12月8日于广州

| 注释 |

① 基于"广州市机电技师学院文化生态研究"（2012年4月—2012年12月）结题时作的一首诗。

匠心咏①

源远岭南，
流长珠江；
汇广州聚轻工，
哺育幸福工匠。

工艺精髓，
务实乐章；
种大树育大师，
一代技术脊梁。

人文精神，
求真和唱；
播大爱成大美，
千秋道德风尚。

匠心独具，
品质别样；
富技能厚人文，
万丈器识光芒。

| 2017年11月于广州轻工技师学院与世界技能组织主席西蒙
巴特利（中）、叶军峰校长（右）的合影 |

2014年4月2日作于广州市轻工技师学院
2014年10月28日改于湖南农业大学十教北419

| 注释 |

①基于"广州市轻工技师学院创建国家示范
校文化特质研究"（2014年10月），为该校写的
校歌。

湛技水手①

湛蓝之水，技能之手，
技工明珠南国头；
敢干苦干又实干，
碧海银沙壮志酬。

湛蓝之水，技能之手，
百折不挠苦奋斗；
两停三迁八易名，
国家示范信天游。

湛蓝之水，技能之手，
自强不息敢昂首；
勇争第一扛红旗，
响彻粤西一声吼。

湛蓝之水，技能之手，
力戒空谈实地走；
国重国奖国大师，
内涵发展唱主轴。

湛蓝之水，技能之手，
挥斥龙狮正方遒；
今朝手捧湛江水，
明日化作庆功酒。

作于湛江技师学院
2013年12月31日

| 作者与胡义秋教授（右1）、高涵博士（左1）在
湛江技师学院作者拟赠的校训前合影）|

| 注释 |

① 基于"广东省湛江市高级技工学校
国家示范文化特质研究"（2013年12月—
2014年5月），为该校写的校歌。

一半是工厂，一半是学堂^①

——天津现代职业技术学院之歌

一半工厂，一半学堂，
职教园，九河殇；
特色特立特别，
文化制胜驰沙场。

一半工厂，一半学堂，
学合产，研为上；
创造创业创新，
津门唯一势高扬。

一半工厂，一半学堂，
能而优，手则强；
坚韧坚毅坚持，
钉子精神跻国行。

一半工厂，一半学堂，
合现代，融海洋；
精致精准精美，
卓越院校正远航。

| 注释 |

① 基于"天津现代职业技术学院文化特质研究"（2016年1月），为该校写的颂歌。

作于天津
2015年7月13日

| 在天津现代职业技术学院做文化项目期间，与叶俊峰校长（右四）、陈岳堂校长（右五）、李国桢院长（右六）、周先进院长（左四）的合影 |

幸福学堂①

深职二职，幸福学堂，
乐感好悠长；
立足新区，面向特区，
成为幸福的榜样。

深圳二职，幸福学堂，
乐知好激扬；
畅谈理想，描绘人生，
识辨幸福的方向。

深圳二职，幸福学堂，
乐能好专长；
尊重知识，崇尚技术，
富集幸福的力量。

深圳二职，幸福学堂，
乐行好时光；
实现自我，利于他人，
学会幸福的分享。

作于天津
2015年7月13日

| 作者与深圳市第二职业技术学校校长郑联采（右二）|

华风之歌^①

——广州华风汽车工业技工学校校歌

园区植根，
花都^②叶盛；
沐浴韶华乘风，
一代一代工巧贤能！

遥望蓝天，
火眼金睛；
追求以变求通，
一招一招鲜遍征程。

脚踏大地，
风火神轮；
践行以动求作，
一步一步走向自信。

任你风雨，
任你泥泞；
只要金棒在握，
一尊一尊齐天大圣^③！

作于长沙
2017年4月9日

| 注释 |

　　① 基于"广州市华风汽车工业技工学校校园文化设计研究"（2017年4月），为该校写的校歌。

　　② 花都：1960年4月划为广东省广州市属县。1993年6月18日，经国家批准，撤县设市，定名为"花都"。花都区有灰塑、盘古王诞、客家山歌、中彩珐琅制作技艺、元宵灯会、南狮、粤剧、瑞岭盆景等非物质文化遗产项目。

　　③ 齐天大圣：指《西游记》中的孙悟空，孙悟空有不畏艰险、百折不挠、善于变换的特性。广州华风汽车工业技工学校以该人物形象特征为背景，提出"以变求通，以动求进"的"大圣"文化精神。

华风之歌

作词：周明星
作曲：方川

1=C 4/4
♩=100

```
3   5    3  5  | 1·2 3·4 5  -  | 6   5   3   1  | 2·1 2·3 2  -  |
园   区   植  根   花   都  叶  盛      沐   浴  韶  华   乘       风
遥   望   蓝  天   火   眼  金  睛      追   求  以  变   求       通

3   5    3  5  | 4·3 2·1 6  -  | 5   5   4   3   2 | 1  -  -  -  :|
一   代   一  代   工   巧  贤  能      工   巧  贤       能
一   招   一  招   鲜   遍  征  程      鲜   遍  征       程

1·1  6   6  | 7·5 6   3  | 2 2 3 2 1 6 | 6  -  -  -  |
脚    踏  大   地   风  火  神  轮    践 行  以  动 求  进

6   5   3   5  | 1·2 3·4 5  -  | 5  5 6 7 5 2 | 2  -  -  -  |
一   步  一   步    走   向  自  信    走 向  自     信

3·1  2 1· | 2·1 7  6· | 3  5  6  1·1 | 7  -  -  -  |
任    你 风 雨  任 你 泥 泞   只 要  金  棒 在 握

5   6   7   1  | 2 2 3  2 3 | 1  -  -  -  | 1  -  -  -  ‖
一   尊  一   尊    齐 天 大    圣
```

黄鹤之歌①

——献给武汉市石牌岭高级职业中学

滚滚长江，
石牌岭上；
代代黄鹤学子，
励志奋发图强。

利他专属，
和合礼尚；
诠释生活幸福，
凝聚道德力量。

忘我专注，
雕琢擅长；
享受学习快乐，
驰骋技艺疆场。

滚滚长江，
白云逐浪；
放飞一去还返？
任由展翅翱翔。

作于湖南农业大学泉水塘
2017年6月3日

| 注释 |

① 与武汉市石牌岭高级职业中学合作课题时写的一首赞美诗。

海南华侨商业学校校歌

国际琼岛，
南渡江畔；
一个母亲的声音，
轻轻地向我们召唤！

来吧，我们是海角的期盼，
来吧，我们是天涯的航船；
励志创业，图强报国，
这是我们共同的心愿！
我们是侨民的骄傲，
我们是侨乡的花环！

啊，海南华侨商校，
树乔、联侨、筑桥，
走向国际，我们身手不凡，
奔向未来，我们步步高攀！

2017年9月10日

农 浓
——"辽宁农业经济职业学校发展战略研讨会"题记

丹桂八月香芙蓉，

志士仁人聚两农①；

碧荷轩②里情恰深，

辽西州头③意④正融。

　　此为7月15日"辽宁农业经济职业学院创建特色高职发展战略中期研讨会"有感，图为碧荷轩前的荷花塘。夏秋时节，人乏蝉鸣，桃李无言，亭亭荷莲在一汪碧水中散发着沁人清香，使人心旷神怡，恰"两农"情浓时！

2012年12月8日于广州

| 注释 |

　　①两农：一农指湖南农业大学，一农指辽宁农业经济职业学院。

　　②碧荷轩：指湖南农业大学招待所所在地，也是此次会议召开地点。

　　③辽西州头：辽宁锦州；

　　④意：指辽宁农业经济职业学院愿景规划之意。

| 作者任天津职业技术师范大学职教所副所长时代表学校向辽宁农业经济职业学院颁授研究生基地牌。科研处处长何文章教授（左一），时任校长李锦华（左二），现任校长郑福辉（右一） |

辽宁农业经济职业学院创建特色高职战略研究结题会合影留念
2012.6.5

| 作者受聘北京曹妃甸职教城现代职业教育研究院院长期间活动剪影 |

你来的恰是时候①

——献给曹妃甸的创业者

海天一色，
白云悠悠；
这是一块放飞的乐土，
你来的恰是时候。

湿地生辉，
绿草油油；
这是一片耕耘的沃土，
你来的恰是时候。

拳头涌动，
跑马溜溜；
这是一片挥汗的热土，
你来的恰是时候。

传说美丽，
曹妃秀秀；
这是一片纯情的净土，
你来的恰是时候。

舟楫遏浪，
海鸥啾啾；
这是一片远航的故土，
你来的恰是时候。

思于曹妃甸，作于天津文化大酒店
2016年1月24日

| 注释 |

①基于"广东省湛江市高级技工学校国家示范文化特
质研究"（2013年12月—2014年5月），为该校写的校歌。

附 录

附录一

少年时几例文学作品影印

人物·断想

创造性恋爱

书　记

毁　约

老师A

荆师新址一瞥

小品二则

偷听来争议

醉

诗两首

唉

荆城剪影

陈氏授课

附录二

周明星教授简介及主要成果

一、学习简历

时　　间	学习阶段
1963.9-1975.7	先后于家乡金螺小学、马良中学完成小学、初中、高中学业
1978.3-1980.8	于荆门师范学校学习数学专业
1983.9-1987.7	于湖北教育学院在职学习汉语言文学专业（本科专业） 获华中师范大学文学学士学位
1993.9-1996.8	华中师范大学在职师从董泽芳教授攻读教育学硕士，主攻农村教育方向
1999.9-2003.8	于华中科技大学在职攻读高等教育学专业，获教育学博士学位，师从张应强教授
2002.9-2003.7	北京大学教育学院访问学者；师从喻岳青教授，研修方向：高等职业教育人才培养模式

二、工作经历

时　　间	工作职位
1975.9-1978.2	湖北荆门市马良镇金螺小学任民办教师，先后任红幼班、小学教师
1980.9-1982.8	荆门市马良镇刘集中学任数学教师，姚集中学任语文教师
1982.9-1985.8	荆门市马良镇教育组任扫盲干事、中学语文教研员
1985.9-1986.8	荆门市教研室任语文教研员
1986.9-1995.7	荆门市教育局先后任普教科科员、人事科科员、职教科副科长和科长；其间，被评为"中学高级教师"；被派往荆门市四方乡驻队工作组一年
1995.8-1997.10	荆门市教育科学研究所任所长（副处级）、党总支副书记；兼任《读写算》杂志社社长，荆门市教育科技开发总公司总经理；作为地方市州级代表被聘为中央教育科学研究所教育成果评审专家
1997.10-1998.8	荆门市职业中专学校任党委委员、副校长，分管科研和招生就业工作；提出"科研兴校"理念，创建了学校教科室
1998.9-1999.12	荆门职业技术学院任院学术委员、高教所所长；任荆门科技开发总公司总经理；《荆门职业技术学院报》主编；创办了荆门职业技术学院"可利尔"矿泉水厂兼厂长；创建了"湖北省社科院荆门分院教育研究所"，任首任所长

1999.12-2011.6	天津职业技术师范大学先后任校学术委员会委员、校学位委员会委员、职业教育学院党总支委员；职业教育研究所副所长（分管教育学院科研工作和学科建设）；特聘教授、硕士生导师；兼任云南师范大学教育学原理硕士生导师；兼任中国职业技术教育学会学术委员会第三届委员会委员； 领衔成功申报"职业技术教育学"、"高等教育学"和"教育学"一级学位点；在全国首创了研究生"三双"培养模式（三双：双基地、双导师、双证书），被刻在学校发展史石碑上，作为学校三大办学特色之一； 创建了全国第一个省部级重点学科（天津市重点学科"职业技术教育学"）；主持全国第一门国家精品课"职业教育学"和天津市优秀教学团队"职业教育学"；为该校全国首批符合条件的"二级教授"候选人之一；被评为天津市教学名师
2011.6至今	湖南农业大学教育学院（原科技师范学院）先后任校学术委员会委员、院师范部主任、校学术委员会委员、教育学原理硕士生导师、全国首批教育生态学博士生导师； 任"十二五"国家精品课程职教评审组组长； 领衔申报了"教育学"本科专业、"教育学原理"硕士专业； 作为主要成员策划和主笔申报了"教育生态学"这一全国唯一的二级学科博士点； 其间先后兼任北京曹妃甸职教城现代职业教育研究院院长和长沙市楚天职业与心理研究院院长； 主持教师教育国家精品资源课程"职业教育管理学"、国家社科基金(教育学)课题"中国现代职业教育理论体系：概念、范畴和逻辑"；先后获得湖南省第十届、第十三届哲学社会科学二等奖； 创造性提出"乡村卓越职教师资培养3D模式"，《光明日报》《中国教育报》《中国职业技术教育》撰文给予充分肯定

三、出版著作

序号	著作名称	出版社	出版年份
1	中国现代职业教育理论体系：概念、范畴与逻辑（独著）	人民出版社	2017
2	职业教育基本理论纲要（独著）	人民教育出版社	2010
3	农村教育综合改革概论（独著）	华中师范大学出版社	1999
4	中国教育现代化论纲（独著）	红旗出版社	1999
5	高等职业教育人才培养模式新论——素质本位理念（独著）	天津教育出版社	2005
6	知识经济时代高效学习丛书(4册)（独著）	中国社会出版社	2001
7	中国职业教育学科发展30年（主编）	华东师范大学出版社	2009
8	职业教育管理学（主编）	高等教育出版社	2014
9	成功班主任全书(上、中、下)（主编）	人民日报出版社	2000
10	职业教育学通论（合著）	天津人民出版社	2002
11	乡村卓越职教师资培育导论（合著）	湖南师范大学出版社	2016
12	现代职业生涯设计（主编）	北京交通大学出版社 清华大学出版社	2007
13	国际对接:中国教育的樊篱与跨越（主编）	天津教育出版社	2002
14	不拘一格的创造力（独著）	武汉大学出版社	2000
15	创新教育模式全书（主编）	北京教育出版社	2001
16	职业院校双师型教师教育研究（合著）	吉林科技出版社	2001
17	创新教育全书（主编）	九州图书出版公司	2000
18	家庭教育新区（独著）	科学教育出版社	1999
19	大视野文库·超常脑力丛书(6册)（主编）	中国青年出版社	2005
20	超常智力训练(6册)（主编）	台湾稻田出版有限公司	2005
21	成功学生全面素质测评手册(上、中、下)（合著）	人民日报出版社	2000
22	成功教师全书(上、中、下)（主编）	人民日报出版社	2000
23	学校创新教育理论丛书(15册)（主编）	中国人事出版社	2000

四、主持教学成果

序号	年度	项　目	级　别
1	2013	教师教育国家级精品资源共享课 "职业教育管理学"	国家
2	2007	国家精品课"职业教育学"	国家
3	2005	天津市精品课程"职业教育学"	省级
4	2008	天津市优秀教学团队"职业教育学"	省级
5	2005	国家精品课程"职业教育学"课程建设与教学创新研究	省级
6	2013	政校企协同培养一体化职教师资培养模式建构与实证	省级
7	2009	"行动导向的'职业教育学'课程教材教法"获天津市 教学优秀成果二等奖（天津市人民政府）	省级
8	2015	"乡村卓越职教师资'3D'培养培训模式构建与实践" 获湖南省教学成果三等奖	省级

五、主持科研课题

课题类型	序号	课题来源	课题名称
纵向课题	1	国家社会科学基金（教育学）课题	中国现代职业教育理论体系：概念、范畴与逻辑
	2	教育部人文社科课题	中国职业教育学科体系建构与理论创新研究
	3	全国教育规划重点课题	金融危机下中职学生就业的现状与对策研究
	4	全国教育规划重点课题	我国职业教育半工半读制度研究
	5	全国教育规划重点课题	中职教师在职攻读硕士学位的制度设计与实施研究
	6	国家人力资源与社会保障部科技项目	我国技工院校发展现状与对策
	7	国家劳动与社会保障部重点科技项目	中等发达地区农村职教促进农业现代化优化模式研究
	8	教育部2007年重大专项课题	职业教育学科论研究
	9	湖南省哲学社科课题	芙蓉工匠精神及其学校传承研究
	10	湖南省自然科学基金项目	高技能人才生成机理研究
	11	湖南省社会科学基金项目	高技能人才成长规律及其生成路径研究
	12	天津市社会科学基金项目	大学生就业困难群体的援助制度研究
	13	天津市"十五"哲学社会科学规划课题	天津市城市化进程中城郊农民工职业培训模式研究
	14	天津市教育科学"十一五"规划课题	天津市重点学科建设内涵与管理策略
	15	天津市教育科学"十一五"规划课题	双师型职校教师素质结构及培养模式的研究

课题类型	序号	课题来源	课题名称
重大横向课题	16	广东省电子商务技师学院	广东省电子商务技师学院电子商务创业教育实战生态系统研究与实践
	17	中山市技师学院	中山市技师学院中层干部教师研修
	18	玉溪农业职业技术学院	玉溪农业职业技术学院卓越职教师资培养实训研究与实践——基于高校与职校协同视角
	19	广东省湛江市高级技工学校	广东省湛江市高级技工学校学生综合职业能力发展评价模式研究
	20	广东省旅游职业技术学校	广东省旅游职业技术学校国家示范校建设典型案例研究
	21	广东省湛江市高级技工学校	广东省湛江市高级技工学校示范校建设典型案例提炼研究
	22	广东省轻工高级技工学校	广州市轻工高级技工学校创建国家示范校文化特质研究
	23	广州市职业技术教研室	广州市技工院校培养高技能人才发展战略研究
	24	广州市职业技术教研室	广州现代技工文化体系研究
	25	广州市职业技术教研室	广州现代技工教育"政校企"协同推进"七大行动计划"顶层设计研究
	26	广东省旅游职业技术学校	广东省旅游职业技术学校泛实践教学特质研究
	27	广州市机电技师学院	技工院校文化生态研究
	28	海南省工业学校	海南省工业学校责任教育特质研究
	29	云南玉溪工业财贸中专	云南玉溪工业财贸中专创建国家示范校发展战略研究
	30	山东省滨州市教育局	山东省滨州市职业教育服务黄蓝两区经济发展战略研究
	31	广东湛江市高级技工学校	广东省湛江市高级技工学校国家示范文化特质研究
	32	山西运城职业技术学院	山西运城职业技术学院专业设置研究
	33	辽宁农业经济学校	辽宁农业经济学校创建特色农业高职战略研究
	34	重庆万州商贸中专学校	重庆万州商贸中专学校创建高专发展战略研究
招标项目	35	湖南省教育科学"十三五"规划2017年度省级重大委托课题	职业院校服务湖南战略性新兴产业政策与路径研究
国际项目	36	亚洲银行委托课题2008	山西省TYFT学校规模与办学条件分析报告

六、主持科研获奖及荣誉称号

类型	序号	年度	名　　称
科研成果奖	1	2017	《职业教育管理学》获湖南省第十一届社会科学优秀成果二等奖（湖南省委、省人民政府），第一
	2	2012	《职业教育基本理论纲要》获湖南省第八届社会科学优秀成果二等奖（湖南省委、省人民政府），独立
	3	2002	《中国教育现代化论纲》获天津市第八届社会科学优秀成果奖二等奖（天津市人民政府），独立
	4	2004	《职业教育学通论》获天津市第九届社会科学优秀成果二等奖（天津市人民政府），第一
	5	2006	《职业教育学通论》获第三届全国教育科研优秀成果三等奖（中华人民共和国教育部），第一
	6	2006	《大视野文库•超常智力丛书》获天津市第十届社会科学优秀成果三等奖（天津市人民政府），第一
	7	2008	《职业教育学科论》获天津市第十一届社会科学优秀成果三等奖（天津市人民政府），第一
	8	2007	《职业院校"双师型"教师的专业标准与培养研究》获天津市首届教育科学研究优秀成果二等奖，第一
	9	2010	《中国职业教育学科发展30年》获天津市第二届教育科学研究优秀成果二等奖，第一
荣誉称号	10	2007	获天津市优秀教师奖
	11	2008	获天津市五一劳动奖章
	12	2009	获天津市普通高校教学名师奖
	13	2009	获天津职业技术师范大学科研经费先进个人奖
	14	2013	获国家中职示范南方十校联盟（GN10）2012年度贡献专家奖
	15	2016	获湖南农业大学优秀硕士研究生导师奖

编后散记

《百年行吟》于2017年9月初完稿后，作者将其寄发给学生们阅读指正，很多学生阅后写来读后感，特摘录部分，以飨读者。

【一、星光点点】
——贺周老师六十华诞

感谢周老师，让我在《百年行吟》正式出版前先睹为快，在追梦的异乡微笑着回想青春年少时期的点点星光。

岁月恍惚，在那一梦之前，我没有意识到和周老师失联已有28年之久。

36年前的春天，在汉水之滨的姚集学校，周老师第一次走上我们初一（1）班的讲台。没有光芒四射，也不记得有豪情万丈，甚至想不起他的第一堂课教的是哪篇文章。周老师只教了我们短短一个学期，可是这并不妨碍我在后来的岁月里对他反复思量。

36年前的农村中学里，年轻老师很多，娱乐活动少得可怜。晚自修前的那段时间，单身的老师们会聚在一起打羽毛球或者唱歌。周老师住在校园一角，不常参加这样的单身派对。偶尔会看到他出现在唱歌的人群里却分辨不出他的声音（那个人群里就有"三个臭皮匠"中临别赠言的陈士清老师哦）。在"三生吟"的插图中，看到老师为麦痴狂，想起他们当年飞扬的歌声。老师，您还记得那没有伴奏的《拉网小调》《星星索》吗？

36年前的农村中学里，课外读物奇缺。周老师那时候是文学爱好者，订阅了《收获》《芳草》《萌芽》等杂志，我时常向他借阅，并大段大段地做摘抄笔记。《高山下的花环》《人到中年》都是午休时间我不睡觉偷偷看的，哭得稀里哗啦，把同桌都吵醒了。那时含泪抄录过的诗句现在还能背诵："我愿意是激流，只要我的爱人，是一条小鱼，在我的浪花中，快乐地游来游去。我愿意是荒林，只要我的爱人，是一只小鸟，在我的稠密的，树林间做窝、鸣叫。我愿意是废墟，只要我的爱人，是青春的常春藤，沿着我荒凉的额，亲密地攀援上升。"读到"回忆赵承志老师"，我顿悟师道传承莫过于此，诗和美的熏陶让我们终身受益！

36年前的农村中学条件简陋，师生们要自力更生建设校园。每到有劳动课的那天，走读的学生从家里带来铁锹、扁担、箢箕，大家一起到校外往校内挑土填埋坑洼之地。通常是女生负责铲，男生负责挑（也有能干的女生是不屑于混迹在铲土队伍的）。那时候几乎都是营养不良，大家个头都还没长起来，我们铲土的时候都会铲下留情，不会装得很满。周老师来了，总是让我们给他多装点，好像要和我们的班主任胡敦良老师搞劳动竞赛一样。两位老师身先士卒，总是挑着满满的担子，吱呀吱呀迈着碎步走出我们的视线。终于有一天，周老师不是挑着空担子，而是提着篓箕回来对着扁担主人说：担子太重，挑断了扁担……周老师的百年，就是担着梦想，从荆楚到津沽，从汉水到湘江，且歌且行！

在第33个教师节前夕，作此小文，感谢老师的教诲和引领！祝老师节日快乐！祝《百年行吟》出版大吉！

半载门生 王晓霞

于浙江宁波北仑

2017年9年7日

【二、那时那情那人】

拿到周老师的诗集初稿，我先是特别特别特别激动——周老师果然还记得我，给我一个抢先拜读的机会；接着是特别特别特别惊讶——周老师居然已到六十周岁了么，怎么能把我们一直散发着学术激情和生活热情的周老师与花甲老人联系在一起呢？再接着是特别特别特别惭愧——作为他的学生，我既没有学术有成也没能满腹诗情。读着诗集中的文字，我仿佛看到了周老师本人，十几年未见，他的音容笑貌依然是那么真切——授课时的激情，看书时的深沉，研究时的严谨，把酒时的豪迈，吟诗时的洒脱，歌舞时的忘我。

周明星，一个自带光芒的名字。记得大二开学初拿到课表，首先吸引大家的就是这个名字。2000年，正好也是周星驰电影在影坛独领风骚的时候，于是开始我们私底下都称他为"周星星老师"。很快，我们发现周老师的课带给我们的也的确如周星驰电影带给我们的感受是一样的——有笑点更有沉思，既充满欢乐又发人深省。但是反而私底下没人再提"周星星"，都是称呼"周老师"。

记得当时还没有"应用技术大学"建设，还没有倡导"工匠精神"，在我们那所以"双证书"闻名的学校，我们所在的"职业教育管理"专业是被边缘化的，与其他专业的能工巧匠相比，我们是多少有点自惭形秽的。周老师将教学与他的科研融合起来，带领我们认识了职业教育的前世今生，领略了职业教育的国际风采。他对职业教育研究的热忱和投入深深地感染着我们，从某种程度上来说，帮助我们更好地实现了专业认知和自我认知。

或许是这个原因，我和其他几位同学跟周老师接触多起来，慢慢地发现：除了师者、学者具备的严谨认真外，他身上还有着诗性和童真的一面。指导我们6个人毕业论文，他要求我们做文献综述，做开题报告——学校可从没要求过，其他导师也没要求过好吧。我们一个个硬着头皮，痛苦地查文献，写报告，他却在每次讨论完乐呵呵地招呼我们在他家里吃饭喝酒，并定下规矩——四两以下不毕业。虽然我没能正式入门，但我也算见证了周门这个规定的诞生吧。写到这里忽然想，难道我是那个传说中的门外师姐？

就在这种严肃活泼的氛围中，我们几个顺利而高质量地完成了论文，并且基本都报了硕士研究生。他还"顺便"指导和帮助另外一个不是他做导师的同学考入北大教育学部攻读硕士研究生。如果当时学校获批硕士点的话，我们应该是第一批周门弟子吧，这也是我的遗憾。比他们幸运的是，毕业后我到天津师范大学读研，能够继续在周老师家"混吃混喝混学问"，还目睹了他引以为傲的大唐、刘晓等得意门生是如何在他亦师亦友的关爱中茁壮成长的。

硕士毕业离津后就没了这种待遇，工作累了常常会感念那段日子。后来周老师从天津到湖南，我想除了学术上的追求外，还可能是天津不适合他追求创新和自由的灵魂。

这么想着，我顿悟了：其实对于周老师，岁月算的了什么呢，只会增加了他的智慧，丰富了他的思想而已。很多年不喝酒了，此刻非常想念那四两白酒……

1999级天津职业技术师范大学本科生 焦燕灵 敬上

【三、走南闯北酬壮志 字里行间皆真情】
——读周明星教授《百年行吟》诗集有感

　　蒙老师信任，得以提前拜读老师《百年行吟》诗集书稿，我内心激动兴奋不已。手捧书稿，我沉醉其间，特别是读到"师生吟"时，读研三年，与老师与同门相携相伴共同走过的历历往事涌上心头，不禁酸了鼻头、红了眼眶。

　　纵览老师《百年行吟》诗集，三生吟、乡亲吟、师生吟、友谊吟、景情吟、学园吟六卷，几乎道尽了老师的生平和旨趣。透过诗集，一个自小爱诗的乡村少年郎一路纵情欢歌，成长为学识渊博、颇具汉唐古风的睿智学者的形象鲜活于眼前。透过诗集，老师纵情于荆楚大地、津沽古城一展长才、回归湖湘家园二次"创业"的成长故事跃然纸上。

　　诗言志，志寓情。读老师的诗集，仿似一下子览尽了老师精彩绝伦的人生，又仿似走进了老师的心灵深处窃听到灵魂之音。老师走南闯北一展抱负的雄心壮志令人心生敬佩，而诗集字里行间流落出的真情真意更加令人动容。

　　我所了解的老师绝对是一个精力旺盛到不同寻常的学者。如果非要给他贴上标签，那么我想"实干家"、"行动派"、"火花教授"、"真性情"、"浪漫情怀"、"热爱生活"、"冒险家"、"不服输"……都可以在他身上找到最好的注解。

　　回忆当初，考研被调剂，只因接待老师一句"那个学校职教学院有个叫周明星的教授很厉害"，我就像赌博一样，孤注一掷地选择来到天津职业技术师范大学，并且憋着一股劲"耍赖"般成为了周老师的研究生。

　　那时，我对周老师的了解只停留在一个名字符号而已，至于周老师如何厉害则完全没有概念。然而，随着逐渐融入周老师的团队，我实实在在被惊讶到了。我从未见过与学生相处如此亲近的老师，从未想过还有那样一种高度紧张却又亲如一家的学习模式。跟随周老师学习的时间越长，他给我的惊讶就越多。

　　人们常常用"生命不休，折腾不止"这句话来谑称那些拼命三郎式的人物。老师大概是我见过最能"折腾"的人了，仿佛一个多动症的孩童，一刻也闲不住，除了教书育人做学问的本职，做顾问、开公司、搞培训、报项目，如今又出诗集……一件事赶着另一件事，一堆事情推着另一堆事，这件事刚完，才想歇口气，他却早已接了新的工作来做。件件事情如此堆叠常常令人替他捏一把冷汗，然而他自己从不着急，或加班加点，或从容调度，每件事情总能在deadline时完美交差，令人不得不叹服老师闪转腾挪的大挪移神功。

　　老师实在是个说干就干的"行动派"，做起事来雷厉风行。前一秒大家正在讨论调研安排，下一秒他就马上打电话跟对方确定日期，转身就嚷嚷着订票。而事实是，调研资料都还没有准备齐全，他就会以不以为然的口吻说"那有什么难的"，紧跟着就会有条不紊地安排分工，最后还不忘调侃一句"这有什么难的，你说？"我们也只敢小小声地嘀咕一句"听风就是雨"，然后急急忙忙去做各自的事情。

　　老师的"心血来潮"还体现在他的"临场发挥"上。记得2010年，老师与广州市教研室合作横向课题"广州模式"的研究，带着我们走遍了市属的7所技师学院。每到一所学校，我们按部就班发问卷、访谈、实地参观。而每到总结座谈环节总是最激动人心的时刻，我每次都会挺直腰背，专注倾听，生怕漏掉一个字眼。因为老师总会通过短短几个小时的调研了解，用非常精辟的寥寥数语，一针见血地指出学校存在的问题，并给出精准的建议，令人拍案叫绝。其中一所白云技师学院，对于调研组的到来颇有些不以为然，竟事先言明不招待用餐，然而等到总结座谈后，校方的态度发生了180度的转变，安排了丰盛的接待午宴。老师也因此被我们冠以"火花教授"的雅号，他脑袋里的智慧和急才就像"火花"一样，精彩而绚丽。

我们跟着这样的导师也不得不接受他的"魔鬼训练"，挑灯夜战视为平常，旅途中办公更是小菜一碟。经常老师兴致来了，呼啦啦带着一群学生下馆子改善伙食，饭桌上喝的酒酣耳热，散席后还得擎着醉醺醺的脑袋"赶活"。然，经历过临阵换题这样的"折磨"后，弟子们都训练出了强大的心脏。

古来至今，师傅教徒弟，总习惯留一手，但是老师从来没有"教会徒弟饿死师傅"的觉悟。这主要体现在他教育学生的方式上。他教学生很少大道理似的说教，简而言之就是一词，曰"做事"。小到订票买酒，大到做课题申报国家教学成果奖，他都放手给学生去做。不会做？没关系，"做中教"啊！

老师把自己做事做学问的所有本事都摊开来给学生看，从不藏着掖着。所以，左手擎烟、右手执笔、鼻悬老花镜、就着氤氲茶香水汽聚精会神改稿的老师，是印刻在我心中最安宁的一幅画面。老师会亲自一遍又一遍修改学生撰写的材料，直至他自己满意为止。那时，学生也到了"出师"的时候。读研时常听老师感叹无人做事，研一的刚入门，研二的才上手，研三终于"五独俱全"了，也毕业了。

都说老师豪迈、真性情，这主要体现在老师"过硬"的酒品上。正如老师在《无上妙品·酒鬼酒》中写的那样，"妙品无限饮，炎凉皆醉杀"，老师饮酒自有一种不可言说的豪迈和霸气。老师喝酒从不托词，来者不惧，酒到杯干，常常别人已经喝到难分东南西北，他还直呼不过瘾，直嚷嚷要白酒、红酒、啤酒喝个遍才满足。酒后，别人都东倒西歪不走直线，唯他阔步前行，众人小跑步都追不上。

有好酒的导师，必有好酒的弟子，老师的学生大多能饮酒。读研时，老师常聚众小酌，闲时聚饮，忙时更得多喝几杯，美其名曰"释放压力"。三日小酌，五日大饮，忙时天天喝也就成了周门的标志。所以，学术办公室常备各种档次的酒，有自购的散装绿豆酒，也有友人送给老师的茅台五粮液，甚至常去的小饭馆都有我们的存酒。当老师腆着肚子，带着乌泱泱一众研究生走出学术办公室时，必有一人肩扛手提着酒瓶或酒桶，路人看到皆会露出了然的神情。

老师酒桌上从来不分尊卑，无论什么应酬，都会带着弟子同席而坐，并郑重其事向客人介绍各个弟子出色的才能，成功推销出去不少"弟子"。

作为女性，我天然抗拒酒精，应酬场上装病换酒极尽赖酒之能事。然而，与老师饮酒我从来诚实，且非常享受。喜欢听老师一遍遍讲王良醉倒桌底、刘晓抱树认错、唐林伟学术殿堂、宏磊精神、刘营和汪欢交朋友的故事，喜欢听老师讲述自己"三起三落"的人生故事……仿佛在一遍遍的诉说中，一种地老天荒的"真情"，一种令人感动而沉醉的师生情谊得到了无限的升华。

我永远都记得，老师说过他的学生分为"登堂"和"入室"两种，他教过的学生都是登堂弟子，而真正成为他研究生的才是入室弟子。王良师兄最早说出"周门"的称号，所有登堂入室弟子皆周门子弟。我对于周门有着很深的认同感和归属感，这种认同并不同于门派之别、派系之争，而是一种文化认同，一种情感的皈依。

我是一个非常冷静自持的人，与人交往常被评价"淡漠"，也不大喜欢"热闹"。但是在老师面前，在师门里，我平静的面容下隐藏着被捂的火热的情感。

只有热爱才能唤醒热爱，也只有真心才能换回真情。很多研究生戏谑地称呼导师为"老板"，因为导师开工资请研究生帮忙做课题。但是有几个"老板"能与学生同吃同住同工作，一起坐在路边摊撸串畅饮？有几个"老板"能在学生面试前，用"头脑风暴"的方法帮学生做应试准备？又有几个"老板"能在每个弟子毕业时，为其量身定制赠言？又有几个"老板"能在每个弟子结婚时，百忙之中不远千里赶去参加婚礼……这桩桩件件也许只是老师的"率性而为"，但正是这种不经意的率性行事深深地令人动容。所以，无论在口头还是心底，我都恭恭敬敬地称呼导师为"老师"，如我父亲在我心目中的地位一样，敬畏而不可侵犯。

我感恩命运的安排让我成为了老师的入室弟子。老师毫无保留的言传身教把我领进了职业教育的学术殿堂，虽然弟子愚钝，不得老师真传之万一，但是老师教授的本领足够我受益终生。

我感恩师门三载的精彩时光。这种有别于常规的教育培养方式大大地开阔了我的眼界，丰富了我的经历，精彩了我的生活。三年的研究生学习给了我无尽怀念的回忆，就像老师的诗集一样，都是值得我珍藏一生的财富。

感恩老师，感念师门。

谨以此文敬贺老师六十寿诞！

2011届弟子 淑芳

2017年9月28日于穗

【四、"六年"研究生生活】

洋洋洒洒近300页，整整119首诗。若是偶然间看到这样一本诗集，我肯定也会为作者叫好："好一个酣畅淋漓、恣意潇洒的'一百年'。"然而现在，我内心更多的是骄傲，毕竟这个"百年行吟"里有我的六年。既然老师将这"一百年"之说解释成生命的60年与从教的40年，那么我便贪心地将自己的研究生生涯从3年篡改成6年了。老师常教诲做学问要刨根问底，并能自圆其说。因此，我今天必须好好刨一刨、说一说。

我且先说说这跟着老师走南闯北做学问的3年。2014年研究生复试完成当天，老师的一句"以后跟着我混"，我就跟着"混"到了毕业。回想起当时风风火火的日子，我依然心有余悸。第一次跟着做项目出差去的是湛江，眼里只有一桌子美味的海鲜；第一次单独跟老师出差是到深圳二职，我们因为"网络问题"吵了一架（是的，不是我单方面地接受批评教育，而是胆特肥的我不接受批评而据理力争了一番，现在想来还真是狂妄啊）；第一次喝多了酒是在贵州，贵州的美酒和喝酒的风俗的确让我"沉醉"；第一次出差脱离组织是在云南，早早地改了机票与李欢多停留了几日，老师或许也认为云南的风景值得留恋，只说了下不为例便挥挥手放行；第一次觉到苦涩是在曹妃甸，我一直都记得初到那天已经是凌晨3点，那是我第一次感受到北方结冰的路面，和吹进骨头里的海风，我的哆嗦不知是来自于寒冷还是恐慌，或许还是寒冷更多一些吧；第一次想念是我独自一人到广州实习，每每在办公室加班的夜晚，我便想起我们一群人加班到深夜赶回宿舍的场景。这样的日子我真真切切、满满当当地过了3个年头，没有一点虚假与夸张。

2017年6月，我正常顺利地毕业，并没有延迟毕业到6年之久，那还有3年去哪了呢？我想大概是混在了酒里，进了肚肠，温了心房。老师在《告别419》中写到"颜梓更劝酒"，我便想起了这三年里喝过的酒，真是太多太多了。我总是在想，或许喜欢酒的人因着这一分喜欢，总希望旁人也多喝一杯，再喝一杯，最好能同他一样爱上这酒才好。若真是这样，老师可是我见过的最爱酒之人，而作为旁人之一的我，自然也是受到了无数次的"熏陶"与"灌溉"，以致现在在酒桌上也能用"假把式"吓唬吓唬人了。在老师家里的饭桌上、在农大大大小小的馆子里、在走南闯北的项目里，我仿佛多活了三年。因为这酒而多出来的时间，让我的研究生生涯有了更多的见识与期许，同时又对生活百态有了更深的了解，实在是不能抹灭的三年时光。

如此三年又三年，"六年研究生生活"确实有理有据，不容辩驳。我常唏嘘时间过得太快，然而看看老师的《百年行吟》，我明白了时间有时间的走法，人有人的活法。毕业典礼当天，老师一大早与我们合影之后便要匆忙赶往重庆，路途中写下一首《老师的步伐》赠予我们这届毕业的四人，其中我最喜欢"老师的步伐，是门徒的力量；一坎一坷，会给你带来职业的坚强"这一段。愿在生活的苦难与磨炼中，我依然能够紧跟步伐，保持清醒，不忘初心。

2014级研究生 颜梓

2017年9月12日

【五、贺献老师六十华诞】

李白桃红满三湘，欢蝶戏追芙蓉釉；

吴波不动荆楚地，蓓蕾紫薇花开稠；

张字泥人源津沽，臻美月季四时悠；

共觅千载拜周门，贺君福寿话诗酒；

恩情感学研职教，师去津楚水长流；

六载湖湘仍有学，十年问道做中游；

华灯青凝久照夜，诞孕桃李耀神州。

2015级研究生　李欢、吴蓓、张臻
2017年9月13日 作于十教北416

【六、"醉"忆419】

2015年初春，承蒙周老师的知遇之恩，幸得师兄师姐的关心照顾，我这个远在他乡的学子感受到家的温暖，那里，是419。聚光灯打在419的门牌上，看着时间轴串起来的幻灯片，推开虚掩的门，看到一位目光深邃的老人和一群"机灵疯癫"的年轻人。这位老人，倔强？坚韧？固执？和蔼？满腹诗书？好像这些词都不足以形容他，却又都是他。我，想用"笑之动容"、"气之动怒"、"行之动情"这12个字形容，不知是否恰当？暂且试试。

笑之动容：最喜欢看他笑，笑得真切，笑得豪气，颇有几分北方男子的性情。但，又不常笑（照片也鲜有微笑）。初登师门时，他的气场给我留下了不苟言笑的印象，所以每当他听着小曲，哼着旋律，品着酒香，忆着"宏磊精神"、"淑芳思想"、"大师兄真性情"、"二师兄显霸气"、"三师兄爱小酒"等诸多往事时，总能讲出些笑点，品出些情怀来，颇有些"我们坐在高高的谷堆旁边，听妈妈讲那过去的事情"的画面感。晚间，三两盏小酒下肚，便更添几分惬意、几分醉情、几分动容。

气之动怒：坦言，最不喜欢看他发脾气。我心里时常想：老师，温柔点可好？第一次跟他"拌嘴"，是因申报二级教授，假期无休，两人加班加点整理好厚厚的两摞材料，在最后编写材料页码时接到学校演讲比赛的通知，匆匆交接工作后打算去参加演讲比赛，不曾想听到怒吼："以后不要你做事了！你去演讲比赛！"当时的我，忍着眼泪，不停地说："我来做！我不走！"两人性子都直，一个坚决不让做，一个非要做，像点燃的炮仗一样，不知道炸了多少响（然，申报材料截至时间在后一天）。那时想法很简单：爱我所爱的，执着我所选择的有错吗？抱怨、委屈、难过、伤心全部涌上心头，那天晚上，外面下着雨，分不清是雨水还是泪水，最后累了，终于不再走了。这件事此后成为了我在419不灭的一盏红灯。反思：导师如此重要的事情交给我，那是一份信任，我，却辜负了。后来，晓霞师姐来学校，席间讲起此事，导师说，当时太急，批评重了。简单几字，却让我对自己的"胆大包天"和"不服管教"更加内疚。那时，便明了，导师亦有温柔。

行之动情：如此这般，走过了一年、两年、第三个年头，我的导师，已至花甲。暑期返湘，看到他两鬓花白了不少，那一刻，才发觉，他老了，真真切切地比我两年前初见他更添了几分倦容。我曾说：两年来，流过的眼泪比前20年的都多，成长的速度更比前20年的都快；两年来，记不清与他拌过多少次嘴，熬过多少次夜，做过多少份PPT，码过多少个字，筹备过多少次研讨会，走过多少座城市。这一路走来，直到2017年8月28日，导师写下《告别419》，读了一遍又一遍，细细品酌，那句"三步两次回，难忘在心头"里写着我们数不尽的故事，记着我们抹不去的情怀。

419，曲终，人不散。

2015级研究生荆婷

2017年9月15日

【七、我认识的先生】

与先生的第一次相逢缘于课堂，先生幽默的语言、渊博的学识，让我真切地感受到教育学的魅力。教学实习期间，有幸承蒙先生的指导，先生事无巨细、一丝不苟的工作态度，让我肃然起敬，同时也萌生了今后继续探索教育学的想法。一年后，我以一名硕士研究生的身份正式加入周门大家庭，成为先生的徒孙，三生有幸。

先生爱诗，初见于课堂时，先生以一首《自题·我的三生》作为自我介绍："农门出生再入农，重任三地足迹重；幼小中学始充盈，本硕博士终贯通；科长所长又校长，学工农工还教工；布衣园丁抵千丁，笑傲杏坛乃从容。"用诗意的开篇方式为我们讲述他的成长轨迹与心路历程，带给我深刻的印象，我也被先生对教育事业所做的努力与付出的心血而深切感动。再到后来跟随先生一同去贵州出差，先生因景生情，有感而发，即兴赋诗，先生一边念，我一边快速用手机便签记下来。先生独自一人出差工作时，也经常用随身携带的纸笔写下诗稿，日后与学生们分享。先生常念写诗需要灵感和环境，不能坐在板凳上空想，如若如此，写出来的诗也是没有感情的。正是因为热爱所至，先生把写诗这件事融入生活与工作中的方方面面，多年来一首首诗的累积，正是此诗集得以出版的缘由。

诗，就是先生的生活。先生爱酒，素雅的清酒也能品出"渭城朝雨浥轻尘，客舍青青柳色新"的美感。先生工作投入，即便时间很晚，先生也会独自整理一天的工作，走到阳台，燃支卷烟，颇有"恰如灯下，故人万里，归来对影"的深意。先生乐山好水，每一次外出交流，总要在当地的名胜古迹驻足。先生对每一处景观、每一个故事都有自己的见解，然后用自己的方式撰写成诗，更是用诗带领我克服每一个难题，从第一次"南方十校联盟"会议接待，再到之后的各种课题培训，从跟着师兄师姐帮忙到能够独当一面，先生用一句"万事皆累学，家女盼长成"一直鼓励着我。先生和蔼可亲，待学生视如己出，时常组织家庭聚餐，和学生们联络感情，先生说他喜欢和学生们在一起，感觉自己依旧年轻。

先生自己爱写诗，也常教我们写诗。他说写诗有四点关键，就如同教我们撰写小论文一样，讲究"起承转合"。他以一首自写的五言律诗《寻访孟郊祠》为范本："千里总觉迟，雨中东觉祠。韩孟祠相当，古吟著称世；一曲游子吟，屡湿慈母衣。天下可怜心，谁懂其中侯。""千里总觉迟，雨中东觉祠"为"起"，交代背景、起因或源起；"韩孟祠相当，古吟著称世"为"承"，"一曲游子吟，屡湿慈母衣"为"转"；"起"与"转"相连，"承"是表，"转"是里，承上启下，由表及里；"天下可怜心，谁懂其中侯"为"合"。"合"通常传递三种意境：一是点题，二是全诗的核心与主旨落地，三是启发、启示，具有知识性。先生将写诗的要求同样置于我们的学习上，从对我本科论文的指导，到来到十教北419办公室学习，先生坚持奉行杜威先生的"做中学"的理念，他强调"只通过上几节课学到的知识而不应用到实际中来，都是虚的，得不到锻炼和提升"。先生以身作则，很少给自己放假，即便是春节放假，先生也一如既往地忙碌着，像诗人般洒脱，不拘束。

曾经在书中读过的一句诗"偶然的幸运之鸟一齐飞落在我的肩头"像极了和先生初遇般的缘分使然，多次的偶然构成的注定。我能就读于湖南农业大学学习教育，得益于先生在初来农大时为学院新增教育学一级学科点所做的努力；我能成为先生的徒孙，三代同堂，于我而言是难能可贵的福气与幸运。如今恰逢先生六十华诞与从教四十周年，先生以此诗集《百年行吟》作为献给自己一百年的贺礼，同时更是一份传承给学生们的厚礼。先生的某些诗篇也描述着我们学习工作与生活点滴的模样，先生替我们将这些记录下来，今时读诵才晓得时光荏苒，岁月如梭。先生已经成为了伴随和指引我的一首诗，随着时间的陈酿，诗也更有韵味了。

2012级本科生（2016级研究生）李嘉丽

2017年9月12日

【八、三种品质】

《百年行吟》共119篇，主要收编周老师1978年以来所作的诗歌，其中在湖南农业大学工作的7年中所作的居多。我同田峻杰两人，8月初接手诗集的整理，主要负责收集周老师以往的诗歌，分类插图，对用典之处加以注释。同周老师学习的这一月有余里，他在我们心中像一本奥秘的大书，以下两文是我同田峻杰短暂时间内学习大书的一点心得体悟。

人心中本有一团火，假想火加火，是熊熊烈火呢，还是一泓清泉？人是芦苇，在火的威胁下，熊熊烈火，他会成灰烬。人若是有思想的芦苇，经火的八卦炉，清泉潺潺。为何？"之人也，物莫之伤：大浸稽天而不溺，大旱金石流，土山焦而不热。"周老师就是这样的一根芦苇，被天上的明星所照耀，拥有洁净的心和真实的人生。

1.他敬畏内心

周老师的内心存在一个世界，就像一座浮动在潜意识间的孤岛，在那之上有许多珍奇异兽和一些自由生长的思想。精神的孤岛源于人生坎坎坷坷的骨与肉。小时飘来的诗情种子，在周老师心中扎下了深根，拼了命地，读书写作。这让我想起了宋濂的《送东阳马生序》："余幼时即嗜学。家贫，无从致书以观，每假借于藏书之家，手自笔录，计日以还。"那日，我随周老师，在农大家中拣选早时的文学作品，数百本笔记本，密密麻麻的书写，诗歌、小说、散文、摘抄、剪报……老师在满屋旧纸中坐着，带着老花镜读着他青涩岁月的情愫，洋溢幸福恬逸，自身磁场上升至极乐精神世界，至人无己，神人无功，圣人无名。

2.他尊重时间

周老师以职教为己任，比我们更渴望时间，巴不得把一天当两天，用以读书、行书、教书、著书。记得周老师在去年暑假8月份，贵州刚结束培训，即刻赶到井冈山讲课，在火车上写下"朝发贵阳北，午食长沙南。夜宿井冈山，终日车上酣"一诗，笑称"跃忙人"，车马辛劳，却自吟其酣甜，崇高存在于精神之中，而不是存在于自然界的狂风暴雨中。同住研究院里，便知道他时常半夜起来，或执笔快写灵感，或是开电脑查阅资料。一年365

天，没有假期。他的豪情无疑不在问天再借五百年。他无时不在放射"明星"的光和热，照耀他自己，他的家人、学校、老师、学生……

3.他善待别人

真美者，行善也。《百年行吟》，读到的都是至情真感，对家人、师生、朋友，诗美人亦真。大二周老师给我们上"教育生态学"，选修课，我们都没教材，他把自己带的一本书给我们，然后坐我们中间，循循善诱，举一反三。下课学习委员把书还给他，他送给了我，说"你拿着"。这对于一个普通学生来说，我受宠若惊。大二暑假，我主动联系老师，跟随他学习。在这里，老师亲自教我行文技巧，一边说一边写，有时还画。那日，整理《红色行》，老师画出了长征路线图。周老师是好脾气，他就事论事，事做不好，他亲自教，直到做好，最后还鼓励一句"这回比上回好！"他要是自己做错了，也不顾面子，道："对，你说的没错，以后这点要注意。"在老师这儿，不仅可以学习，还有好酒喝，不亦乐乎！他无愧"工作狂人"称号，除了5～6小时的睡觉时间，要么在十教办公室，要么在研究院，要不就在去讲座的路上。尽管如此，他依然顾家。那日，我们仨照常在研究院改稿，大概5点左右，他说："你们改，我去接罗亦周，他在医院打完点滴了，待会过来。"还有那一晚，罗老师凌晨两点的火车，从天津到长沙，周老师就一直改稿到一点半，赶到火车站，那晚3点多才睡。细细回想，暖意浓浓，也感悟到：照亮道路并不断给予生活勇气的，是真与善。真情质朴，善心可敬。

立于天地之间，愿周一生，如酒如诗。 树荫下，一壶酒，一卷诗，有人依偎，有人歌唱。

肖萍婷（2014级本科生，已保送研究生）
2017年9月7日

【九、四种感觉】

1. 直感

回忆与周老师相识，是因在大一时老师上我们的专业课，第一节课时，就被老师的风趣、幽默与博学所吸引，上课前师生间的问候方式也格外与众不同，"关闭手机，开启脑机"这更加深了老师在我心中的印象，所以当老师找课代表时，我第一个举起了手。在开教育效能会时，高中学校的校长也来参加了，碰面后与老师聊了些许，原来他们是好朋友，这真是缘分。在日后的工作中，上课前给老师备好水、提前告诉老师上课地点也成了我的一种习惯。有次下课后，老师对我说，你可以来办公室学习一下。听完这话我激动不已，这可是我最喜欢的老师呀。现在回想起来，应该也正是从那时开始我慢慢走进"周门"这个大家庭中，第一次和学姐一起做培训接待，第一次参与编辑工作，第一次有幸听关于学术方面的演讲，第一次报名参与"科创"项目……时间悄无声息地流过，晃眼回望，已经一年，在这一年里有着太多太多第一次的诞生，这些都离不开老师和学姐的帮助。所以在老师想整理自己的诗文成稿时，我加入了进来。书稿收尾之际，已临近开学，现在我将步入大二，庆幸在这大一的尾声中拥有这么一段让人回味无穷的经历。

2. 观感

老师对作诗的狂热，是对情感的一种抒发，光靠言语是不能表达的。早上可以五六点起床，想到什么马上坐起来，来到电脑桌前；也可以琢磨到凌晨，真是个年轻的"老头"。每当修改完存在电脑的诗集就好像获得一个价值连城的宝藏，老师就是那个富有的"地主"。老师要求非常严格，每天"老头"都会来看看他的宝藏。每天总能看到老师坐在电脑桌前念叨着什么，一个人独自"韵味"，走近才知道，他在思考诗中用哪一个词更好，有时也会问问我们哪张图片放上去更合适，拍得好不好。

有时，老师诗兴不够的时候，会叫上我们一起下馆子，再喝点小酒，趁着微风习习，酒一喝完，老师一拍桌，那准是诗出来了，就好似酒是老师灵感的源泉一样，别人都不知道我们发生了啥事。在老师家中，有大量的照片以及老师那有些年代的本子上的手稿，手稿中有诗、小说、摘录、随笔……内容非常丰富。

3. 行感

在这期间，为了更有效率地完成诗稿，我们会每天早上7点起床。因有的诗文需要大量照片作为背景，我们就一起去老师家找照片，有时一张照片需要找一下午，可想照片之多。有与友人去游玩的，有与家人的，有出差工作调研的……印象最深的是，有一次看到老师年轻时候的照片，眼前一亮，哪知道老师自己看到后调侃道："谁又想得到现在会是这样呢？"说完低头看看自己的肚子。我与学姐相视一笑，马上安慰老师道："现在这样挺好的。"真是个有趣的"老头"。每一首诗老师都会细看几遍，包括里面的注释、符号。比如检查时，老师觉得"逸苑八景"的图片插得不够好时，我们会在第二天早上八点左右从办公室踩单车到修业广场、老校门去拍照；也会在太阳快落山时，去东沙古井拍下人们打水的"盛况"。回看老校门的照片时，老师皱着眉头说道："这不行，你这不行，这有'摩的'怎么行呢？"于是我们只能再踏上炎热的征途。现在回想起来，虽然很炎热，但是我们很快乐。

确认标题时，最开始为"逸苑书稿"，他的朋友张可安先生从高铁站刚赶到研究院，还没落座，老师就把书稿马上递过去，嘴里一直说"你这来了好！你这来了好！"接着两个人讨论得不亦乐乎。突然老师一拍手，说道："好！好！这个词用得好！百年！好……可这后面接个什么词呢？"我与学姐开始查，仔细斟酌后确定为"百年行吟"。

在修改过程中时常老师都会补充一些新内容进来，所以同时也需要改格式。刚开始时，有很多操作我都不熟练，甚至可以说有的技能还是刚学会，但看到老师自己非常熟练时，我着实吃惊了一下。有时我们开玩笑说老师退休后可以开一个文印店，老师听后笑笑不说话。到工作收尾时，我也可以很熟练地操作了，心里很满足，这应该就是老师所提倡的"做中学"吧！

4. 悟感

这为期一个月的实践不光是锻炼了我的文字编辑能力、电脑操作能力，也让我更加了解老师，这个倔强的"老头"，"德行兼备，亦为才也"就是他。老师的办公室里有大量藏书，平时看到好的书也会让我们帮他买，这完美地诠释了"活到老学到老"。书是一种能量，读书可以补充能量，可以提升自己，于是我给自己定了一个目标：每个月完整地、认真地阅读一本书。在工作方面，老师的严谨、认真、用心，无不告诉着我想到什么，就要着手去做，去落实；如果不去做，用老师的话说"那都是假的，都是些虚家伙"。每个人都渴望成就一番事业，但是都需要付诸行动，把梦想藏在心里，与空想没有区别。在生活方面，老师对我们像对自己的孩子一样，很照顾我们，在炎热的时候给我们送瓜解暑，还称自己是做后勤的；也会时常带我们改善改善伙食，每次吃饭时，都可以听到老师提到：可以吃，但不能浪费，你一浪费那就不行，浪费让人心痛。在之后，我都会格外注意这一点。好似"墨子泣丝"的典故，好的环境与习惯足以改变我的一生，很庆幸能遇上老师和这么多优秀的前辈。

【师 恩】

百年行吟掩卷思，恩海波涌起涟漪；
假而不假独方圆，情而有情宽天地；
斟字酌句论文章，传道授业赐玄机；
人生进取须良师，励志图强更有期。

田峻杰（2016级本科生）

2017年9月7日